# 우리들, 킴

# 우리들, 킴

황은덕 소설집

산지니

# 차례

# 엄마들

나는 흰색 건물 앞에 도착했다. '입양은 기쁨입니다.' 건물 입구에 커다란 플래카드가 보였다. 현관문을 밀고 들어서자 입양을 홍보하는 유명 연예인들 사진이 복도를 따라 주르륵 걸려 있었다.

사무실로 들어서자 뚱뚱한 여자가 나를 상담실로 안내했다. 권 선생이라고 했다. 앞으로 내 담당이 될 거라고, 그녀 옆에 있던 중년의 여자 원장이 말했다. 여행 가방을 끌고 권 선생을 따라 상담실 안으로 들어갔다. 구석에 아기용 침대가 있었다. 색 바랜 모빌이 침대 위에 대롱대롱 매달려 있고, 정육점에서 봤던 둥근 철제 저울이 바닥에 놓여 있었다.

권 선생이 파란색 서류 파일을 가져와 탁자 위에 펼쳤다. 그녀가 턱짓으로 의자를 가리켰다.

"입소 준비는 하고 오신 거죠?"

눈꼬리가 위로 치켜 올라간 여자였다. 얼굴이 까맸고 인상이 별로였다. 나는 머리칼을 손가락으로 배배 꼬았다.

"네. 속옷이랑 화장품 같은 거요."

"그거면 충분해요."

권 선생이 탁자 위로 서류 뭉치를 건넸다. 입소신청서, 생활환경 조사서, 자립계획서 등등의 서류와 진술서들이었다. 서류들을 보자 머리가 지끈거렸다. 권 선생이 우선 입소신청서부터 작성하라고 했다.

"아기는 입양 보내실 거죠?"

권 선생이 당연하다는 듯 물었다.

"네에."

나는 잠시 머뭇거렸다.

"근데, 아직… 잘 모르겠어요."

"아! 그래요?"

뜻밖이라는 투였다. 낙태 수술 시기를 놓친 후 누군가 '여성의 전화'에 상담해 보라고 얘기해 주었다. 상담사 선생님은 꽤 친절했다. 원한다면 혼자서도 아기를 키울 수 있는 방법들이 있다고 했다. 기초생활수급비, 양육비, 청소년 한부모 자립지원비 등을 받을 수 있다는 거였다. 그리고 친자 확인이 되면 정우 오빠네 집에 양육비를 청구

할 수도 있다고 했다. 각서 같은 건 법적으로 아무 소용이 없다고 했다.

권 선생이 다음 말이 궁금하다는 듯 팔짱을 끼고 나를 빤히 쳐다보았다. 나는 당황했다.

"사실은 잘 모르겠어요. 모든 게 뒤죽박죽이 되어 버렸어요. 근데 아기는 보낼 수 없을 것 같아요."

"왜요?"

나는 머리칼을 손가락으로 돌돌 말았다가 폈다.

"그게… 그러니까 잘 모르겠어요."

어떻게 설명해야 할지 알 수 없었다. 초음파를 통해 아기 모습을 본 뒤부터 기분이 싱숭생숭했다. 아기는 눈, 코, 입이 또렷했고, 심장이 쿵쿵 뛰었고, 온몸을 꿈틀대고 있었다. 병원에 다녀온 날이면 자꾸만 아기 형체가 눈앞에 아른거렸다. 어쩌면 지난 7개월 동안 아기와 정이 든 건지도 몰랐다. 정우 오빠와 만났다가 헤어진 건 딱 3개월 동안이었다. 그러니까 오빠를 안 시간보다 뱃속 아기와 더 오랫동안 알고 지내 온 셈이었다.

권 선생이 서류를 훑어보며 물었다.

"담당한테는… 연락했죠?"

"지난번 생활보고서 쓰러 갔을 때 신고했어요. 이제부턴 담당이 이리로 날 찾아올 거예요."

내 담당은 눈빛이 날카로운 젊은 남자였다. 법원 명령서를 들고 보호관찰소에 등록하러 간 날 처음 만났다. 그런데 그는 융통성이 전혀 없는 꼴통이었다. 사라진 정우 오빠를 찾아 헤매느라 보호관찰소 출석을 빼먹은 적이 있었다. 그런데 그 꼴통 담당이 그걸 '지시불이행'이라고 서류에 올렸고, 원래의 보호관찰 6개월에 사회봉사 40시간이 추가로 선고되었다.

"여기 입소자 주의사항 잘 읽어 보시고요. 나머지 서류는 3층 생활관에 올라가서 작성하면 돼요. 나중에 지하 강당에서 오리엔테이션 있으니 꼭 참석하시고요."

권 선생이 내 여행 가방을 탁자 위로 올렸다. 소지품 검사를 시작한다는 거였다. 기분이 더러웠지만 참기로 했다. 첫날부터 담당 선생한테 찍혀 봐야 좋지 않을 게 뻔했다. 짧은 순간, 가방 안의 모든 지퍼가 열렸다가 닫혔다. 속옷, 액세서리, 화장품 파우치, 지갑 안의 동전이 헤집어졌다. 탁자 위로 디스, 자일리톨 껌, 가나 초콜릿, 신짱구가 놓였다. 권 선생이 손가락으로 디스를 가리키며 앵앵거렸다. 당장 보건소 금연클리닉에 등록하라고 했다. 담배를 끊었는데 그게 왜 거기 들어 있는지 모르겠다고 탄력 있게 대응했다. 생활관 안으로는 담배와 술, 일체의 음식물 반입이 허용되지 않는다고 권 선생이 강조했다. 앞으로 또 담뱃갑이 적발될 경우 당장 퇴소조치 할 거라고 으름장을 놓았다.

나는 벽을 등지고 똑바로 섰다. 권 선생이 외투 주머니를 모두 뒤집어 보라고 했다. 윗옷과 바지 주머니도 뒤집어 깠다. “잠시 그대로 있어요.” 권 선생이 다가오더니 더듬거리며 내 몸을 훑었다. 나는 뒤로 물러서려고 했다. 하지만 등 뒤로는 단단한 벽이었다. 더 이상 물러설 곳이 없었다. 권 선생의 두 손이 겨드랑이 아래, 허리춤, 엉덩이, 바짓가랑이 사이를 차례로 만졌다. 기분이 엉망이었지만 어쩔 수 없었다. 앞으로도 외출에서 돌아오면 사무실에서 이와 비슷한 확인 절차를 거쳐야 한다고 권 선생이 말했다.

*

임신 사실을 알렸을 때 정우 오빠는 “너 거짓말이지? 장난치는 거지?” 하고 말했다. 함께 아르바이트 하던 피자가게에서였다. 할 수 없이 셔츠를 까뒤집어 볼록한 배를 보여 주었다. 빵빵해진 젖가슴이 드러났고 배꼽에서 사타구니까지 거뭇한 임신선이 나타났다. 정우 오빠가 질겁하며 뒷걸음질쳤다. 두 눈이 휘둥그레졌다. 오빠가 갑자기 아, 씨발, 하며 나를 밀치고 잽싸게 화장실 밖으로 튀어 나갔다. 그리고는 그날로 피자가게를 관뒀다.

그날 저녁에 정우 오빠는 "너 돈 필요해? 너 돈 뜯어내려고 그러지?" 하며 수화기 속에서 소리 질렀다. 나는 아니라고, 나도 임신한 줄 몰랐다고, 미쳐 버릴 것 같다고 고함쳤다. 거짓말이 아니었다. 석 달째 생리가 없었지만 생리불순인 줄 알았다. 학교를 때려치웠지만 열여덟 살에 임신이라니, 상상조차 하지 못한 일이었다.

다음 날 정우 오빠는 잠적했다. 휴대폰도 집 전화번호도 모두 바꾼 뒤였다. 나는 우왕좌왕했다. 수술을 해야 한다고 생각했지만 당장 돈을 마련할 길이 없었다. 오빠가 내 앞에 나타난 건 한 달쯤 지난 후였다. 카페에서 만난 오빠는 "별일 없어?"라며 내 눈치를 살폈다. 나는 돈이 필요하다고 했다. 내가 수술하지 않았다는 걸 알고 오빠는 다시 연락을 끊고 잠적했다.

대신, 정우 오빠의 엄마가 전화를 걸어 왔다. 밤낮을 가리지 않았다. 시도 때도 없이 문자가 왔고 전화벨이 울렸다. 오빠의 앞길을 막는다고 쌍욕을 했고, 하루라도 빨리 애를 떼라고 닦달했다. 그러면서도 돈은 주지 않았다. 먼저 수술을 하면, 통장으로 돈을 입금하겠다고 했다. 내 이야기를 들은 엄마는 무조건 돈을 먼저 받아내야 한다고 했다. 오백만 원! 적어도 오백만 원은 받아야 한다고 했다.

이미 수술 시기를 놓쳤다는 걸 엄마는 잘 알고 있었다. 엄마한테 볼록한 배가 발각되어 산부인과에 끌려갔을 때 의사 선생님은 고개를 설레설레 흔들었다.

어느 날, 정우 오빠의 엄마가 나와 엄마를 커피숍으로 불러냈다. 임신 6개월째였다. 커피숍에 나가 보니 오빠가 와 있었다. 네 사람이 쌍욕을 하며 싸우는 동안에도 뱃속이 꿈틀꿈틀했다. 태동이 시작됐기 때문이었다. 정우 오빠가 우리 엄마를 향해 또박또박 말했다. "제가 아닐 거예요. 전 밖에다 했는데요." 그 말을 신호로 오빠의 엄마가 핸드백에서 종이와 볼펜을 꺼냈다. 각서를 쓰라는 거였다. 나는 그 여자가 부르는 내용을 종이에다 쓰고 지장을 찍었다. "아이 문제로 다시는 귀찮게 하지 않겠습니다." 엄마가 여자를 향해 "지독한 년, 씨발년"이라고 욕을 퍼부었다.

그날 오후에 엄마는 집을 나갔다. 집이 싫다고 했다. 학교 잘리고 임신까지 한 딸 때문에 동네 창피해서 못 살겠다고 했다. 그 엄마에 그 딸이라고, 사람들이 수군거리며 손가락질한다고 했다. "애는 안 된다. 절대로 안 돼." 엄마는 술을 마실 때마다 징징거렸다. "너 애 낳아서 키우는 꼴은 절대로 못 봐." 집을 나간 엄마는 식당 주방 일을 하며 친구 집에 얹혀살았다. 내가 집을 떠나겠다고 연락한 후에야 엄마는 집으로 돌아왔다. 아기를 낳을 거면 다시는 집에 돌아올 생각하지 말라고, 엄마는 몇 번이나 내게서 다짐을 받았다.

*

'사랑뜰'은 4층 건물이었다. 1층은 입양과 쉼터 업무를 담당하는 사무실, 2층은 식당과 운동실, 3층과 4층은 생활관이었다. 아마도 입양이 주력사업인가 보았다. 입양부 선생님들 숫자가 쉼터 선생님들보다 훨씬 더 많았다.

우리는 두 종류로 분류되었다. 3층 엄마와 4층 엄마. 입양 보낼 엄마와 양육 엄마였다. 임산부들은 모두 3층에서 생활했다. 하지만 2박 3일간의 출산 입원에서 돌아오면 각자 갈 길이 달라졌다. 입양 엄마는 3층에서 며칠 동안 더 몸조리를 하다가 떠났다. 아기는 병원에서 바로 위탁모에게 넘겨졌다. 간혹 아기를 데리고 3층으로 돌아오는 엄마가 있었다. 원한다면 아기를 보내기 전에 2박 3일 동안 아기와 함께 지낼 수 있었다. 하지만 대부분의 3층 엄마들은 출산 직후에 아기를 쳐다보지 않았다. 우연히 아기 발가락을 본 엄마가 있었다. 발가락을 보자 몸통이 궁금해졌고, 그러자 얼굴 생김새가 너무나 궁금했다. 3층으로 돌아온 그 엄마는 며칠 동안 발가락 얘기만 하다가 이곳을 떠났다.

4층 엄마는 아기와 함께 돌아왔다. 출산 후 길게는 5개월 동안 4층 생활관에서 지낼 수 있었다. 물론 규칙을 잘 지키고 원장과 담당 선생님에게 잘 보여야 했다. 4층 엄마라도 규칙을 자주 어기거나 선생님에게 대들고 욕하면 강제로 퇴소당했다. 특히 원장은 이곳의 일등 대장이었다. 원장의 결정에 따라 후원물품 제한 같은 벌칙을 받기도 하고, 통장에 따로 후원금이 입금되기도 했다.

식당에서 마주치는 4층 엄마들은 항상 정신이 없었다. 잠이 부족해서 눈이 벌겠고, 띠를 둘러메고 품 안의 아기를 어르면서 순식간에 식판의 밥을 먹어 치웠다. 그러다가도 아기가 울거나 보채면 전쟁을 치르듯 아기와 싸우면서 밥을 먹었다. "뱃속에 다시 집어넣고 싶어." 4층 엄마들이 모여 앉은 테이블에서 자주 들려오는 말이었다.

나는 3층과 4층 사이에서 갈팡질팡했다. 보내야 할지, 아니면 혼자 키워야 할지, 하루에도 몇 번씩 마음이 변했다. 무엇보다도 나는 나 자신을 믿을 수 없었다. 변덕이 죽 끓듯 하는 나. 충동적인 나. 한 가지 일에 오래 집중할 수 없는 나. 중학교 졸업장이 전부인 나. 게으른 나. 가난한 나. 그리고… 내 안의 누군가가 끊임없이 속삭였다. 그건 혹덩어리일 뿐이야. 간단히 떼어 놓고 너만 빠져나오면 돼. 두 눈을 꾹 감아. 그러면 넌 다시 자유로워질 수 있어.

3층 임산부들은 툭하면 각자의 방에서 나와 거실 바닥에 드러누웠다. TV를 보기 위해서였다. 덕분에 거실은 발 디딜 틈 없이 항상 복작거렸다. 현관문을 열면 어두침침한 거실이 보이고, 화면이 켜진 TV를 중심으로 거대하게 배가 부른 여자들이 여기저기 널브러져 있었다. 대부분이 나처럼 10대였다. 학교를 다닌다면 중3부터 고3에 해당될 거였다. 하지만 혜린 언니처럼 30대도 있고, 스물셋이나 스물아홉인 언니들도 있었다. 첫 번째 아기를 입양 보낸 후, 두 번째, 세 번째로 입소한 언니도 있었다.

3층 생활관에는 딱히 뭐라 꼬집어 말할 수 없는 이상한 냄새가 코를 찔렀다. 간호 사무실에서 올라온 선생님들이 얼굴을 찡그리며 제발 환기 좀 하라고 잔소리했지만 그 누구도 꿈쩍하지 않았다. 의무적으로 출석해야 하는 강당 프로그램이 끝나면 만사가 다 귀찮았다. 룸메이트끼리 순번을 정해 방 청소를 하기로 했지만 잘 지켜지지 않았다. 화장실 안에는 늘 누군가가 있었다. 다들 오줌을 자주 눴기 때문이었다. 샤워를 하려면 모두가 잠든 새벽이나 한밤중에 일부러 일어나야 했다.

내 룸메이트는 지은 언니였다. 스무 살. 나보다 두 살 위였다. 재스민실에서 처음 만났을 때 포스가 장난이 아니었다. 권 선생이 있거나 말거나 씨발, 좆나, 같은 경고 단어를 거침없이 내뱉었다. 벌 청소도, 외출금지도, 후원물품 제한도 두려워하지 않는 것 같았다. 지은 언니는 입소하던 날 바로 입양동의서에 사인했다고 했다.

"야! 넌 어떡할 거냐? 애기 보낼 거냐?"

나는 우물쭈물했다.

"그게… 아직."

"첨에 키운다고 했다가 좆나 고생만 하고, 결국 보내는 애들이 수두룩해. 젖 말린다고 약 지어 먹고 식혜 마시고, 나중에 생지랄들을 하지."

"아, 네."

"거꾸로도 마찬가지야. 보낸다고 했다가 맘 바꾸면 돈 왕창 물어야 해."

"돈을요?"

"다시 데려오려면 그동안 위탁모한테 준 돈 다 토해 내야 하잖아."

"아, 네."

"애 낳고 해산급여 50만 원 챙기고 얼른 뜨는 게 최고야. 몸조리한다고 다시 들어올 필요도 없어. 여기 선생들도 우리가 애 낳고 빨리 떠나 줘야 사업에 지장이 없을걸?"

나는 두 눈을 크게 떴다. 지은 언니는 내 얼굴을 보더니 "씨발, 순진하기는" 했다. 지은 언니에 의하면 외국으로 거래되는 아기 가격이 한 명당 2천만 원이 넘는다고 한다. 내가 믿지 못하겠다는 표정을 짓자 어디선가 종이쪽지를 가져왔다.

"미국 2016만 원, 캐나다 2332만 원, 스웨덴 1920만 원. 내가 잡지에 소개된 가격을 그대로 적어 뒀어. 홀트 인터내셔널 사이트에 올라온 가격도 이것하고 비슷하대."

"아기가 왜 그렇게 비싸요?"

"외국 애들이 봉이니까. 등록비나 서류 작성비 같은 건 따로 내야 한대."

지은 언니가 한숨을 쉬었다.

"내가 미쳤지. 그러게 개인적으로 미리미리 알아봤어야 했는데."

"이런 걸… 미리 알아볼 수 있어요?"

"인터넷 있는데 뭐가 문제야? 채팅방에서 거래 성사되면 병실에서 바로 데려가서 출생신고 하고 호적에 올린대. 근데 우리처럼 이런 데 들어왔으면 이미 늦은 거고."

지은 언니는 조건만남을 하다가 임신이 됐다. 생활관에서는 누구나 아는 공공연한 비밀이었다. 똑똑한 지은 언니가 어쩌다 피임을 하지 않았는지 모르지만 혜린 언니 추측대로 '영업상'의 이유 때문일지도 몰랐다. "죽어도 콘돔을 싫어하는 새끼들이 있어." 언젠가 지은 언니가 무심

코 내뱉은 적이 있었다.

지은 언니는 아기 아빠가 누군지 관심이 없었다. "어떤 새낀지 알면 죽여 버린다"는 말만 입에 달고 살았다. 지은 언니는 입소 직후 매독이 발견됐다. 정기검진 때 했던 혈청검사를 통해서였다. 매독 균이 이미 태반으로 옮겨가 감염을 일으켰다고 한다. 하지만 페니실린을 써서 지금은 태아와 함께 깨끗이 치료되었다.

목련실 혜린 언니는 서른두 살이었다. 그런데 혜린 언니는 자꾸만 자신과 우리들을 비교하며 질투했다.

"야! 어리다는 이유로 돈 더 받는 게 어딨어? 너네들은 아주 부자야. 부자."

청소년이 양육모가 될 경우 한부모 자립지원비를 어른보다 많이 받는다는 거였다. 매달 받는 금액이 청소년은 10만 원, 어른은 5만 원이었다. 아기를 키울 것도 아니면서 돈 계산부터 하는 언니가 우스웠다. 혜린 언니가 나를 쳐다보며 불평했다.

"넌 기초생활수급자니까 고운맘 카드 남은 돈도 통장으로 다 입금되잖아. 좋겠어. 아주."

혜린 언니는 아기를 키울 경우 어떻게 하면 지원금을 더 받을 수 있는지 이리저리 따져 보길 좋아했다. 그것뿐만이 아니었다. 일회용 기저귀는 어떤 브랜드가 유해물질이 적은지, 목욕용 바스와 버블, 아기 오일과 로션은 어떤 제품이 좋은지 줄줄이 꿰고 있었다. 권 선생이 자꾸만 헷갈리는 신생아 예방접종 일정을 혜린 언니는 처음부터 끝까지 모조리 외우고 있었다.

하지만 혜린 언니는 입소 첫날 입양동의서에 사인했다. 남자친구한테 정나미가 떨어져 뱃속 아기가 이물질로 느껴진다고 했다. 혜린 언니의 남자친구는 자취방으로 언니를 불러 실컷 부려 먹은 후 방을 빼고 돈을 챙겨 달아났다. 임신 8개월째에 벌어진 일이었다. "내가 다 알아서 할게. 내가 더 잘 할게." 임신한 언니를 수시로 안심시켰던 남자였다.

생활관에는 크고 작은 싸움이 끊이지 않았다. 하루에도 몇 번씩 다들 감정이 오르락내리락했다. 사소한 일에 빽하고 성질을 부렸다가 금세 표정을 풀고 헤헤거렸다. 참을성 없고 감정 기복이 심한 건 3층 임산부들의 특징인지도 몰랐다. 싸움은 매일 벌어졌다. 룸메이트가 방을 지저분하게 쓴다거나, 누가 로션을 몰래 퍼다 썼거나, 냉장고에 보관해 둔 간식이 없어졌거나, 누군가 자신에 대해 나쁜 소문을 퍼트렸거나…. 언젠가 원장이 "걔들은 도대체 감정 조절이 안 돼"라고 흉보는 걸 들은 적도 있었다.

하루 간식비 3만 원도 싸움거리였다. 생활관 간식비로

식사 후에 배달음식 같은 걸 주문해 먹을 수 있었다. 그런데 4층 엄마들 사이에서 불만이 터져 나왔다. 머릿수에 따라 3층과 4층 엄마들 간식비가 절반으로 나눠는 게 불공평하다는 거였다. 어느 날 4층 엄마가 3층을 찾아왔다.

"우린 숫자가 적지만 애들이 있잖아. 애들도 함께 계산해서 나눠야지."

지은 언니가 콧방귀를 뀌었다.

"오! 젖 먹는 애들이 탕수육까지 먹고 싶대?"

"우리가 애들 몫까지 먹어야 젖이 잘 나오지."

내가 조용히 거들었다.

"언니, 그만 좀 뻥까시고 올라가요. 네?"

지은 언니와 내가 동시에 나서자 4층 엄마가 주춤거리며 물러섰다.

사무실 선생님들도 돈의 힘을 이용했다. 우리가 가장 두려워하는 게 뭔지 선생님들은 잘 알고 있었다. 4층 엄마들은 아침 식사시간을 맞추지 못했다. 밤새 칭얼대던 아기가 새벽에 잠들면 엄마도 아침 늦게까지 잠에 빠져 있기 때문이었다. 밥보다는 잠이 더 좋다고 했다. 아침 식사시간이 지켜지지 않자 선생님들의 잔소리가 계속되었다. 어느 날, 사무실의 통보가 전해졌다. 식사를 거르는 사람이 있으면 생활관 간식비를 아예 없애 버리겠다는 거였다.

3층 임산부들이 당장 소란을 피웠다. 니들 때문에 우리까지 덩달아 간식비를 못 받게 생겼다고 야단이었다. 4층 엄마들이 "민폐를 끼쳐 미안하게 됐다"며 사과했다. 다음 날부터 4층 엄마들은 잠이 덜 깬 얼굴로 비몽사몽간에 식당으로 나와 밥을 먹었다.

나는 차츰 생활관에 적응했다. 아침 먹고, 오전 프로그램에 출석하고, 점심 먹은 후 낮잠 자고, 오후 프로그램에 출석하고, 다시 저녁 먹고 잠자리에 드는 생활이 반복되었다. 가끔씩 외출일지를 쓰고 바깥으로 나가 떡볶이와 튀김을 실컷 사 먹고 돌아왔다. 분식집이나 편의점 외에는 특별히 갈 곳이 없었다. 배불뚝이 주제에 학교 친구들을 만날 수도 없고, 정우 오빠는 딴 나라 사람이 된 지 오래였다. 아기를 키울 거면 집에 들어올 생각은 꿈에도 하지 말라고, 엄마는 전화를 걸 때마다 단단히 못을 박았다.

나는 배가 엄청나게 커졌다. 젖꼭지가 튀어나오고 주위가 새까맣게 변했다. 묽은 액체가 젖꼭지에서 흘러나왔다. 살이 엄청 쪘다. 온몸이 자주 부었고, 허벅지와 아랫배에 살이 터서 실지렁이가 기어가는 것처럼 보였다. 배 한가운데의 임신선이 더욱 또렷해졌다. 샤워를 하고 난 후 더 이상 거울에 전신을 비춰 보지 않았다. 속상하고 짜증 났다. 날이면 날마다 내가 이상한 짐승으로 변해 가는 것 같았다. 나는 예전처럼 다시 날씬해질 수 있을까. 다시 친구들을 만나 거리를 활보할 수 있을까. 이 세상 그 누구도 배불뚝이 괴물로 변한 나를 반가워하지 않을 것 같았다.

*

권 선생과 혜린 언니는 사이가 안 좋았다. 혜린 언니는 권 선생이 아는 건 없는 주제에 고집만 세다고 욕했고, 권 선생은 혜린 언니를 나이만 먹은 대책 없는 날라리로 생각했다. 권 선생은 강당 프로그램에서 성교육과 육아상담을 담당하고 있었다. 하지만 노처녀인 권 선생은 이론과 실전 둘 다에 약했다. 혜린 언니가 권 선생을 대놓고 무시하는 이유였다.

어느 날 3층으로 올라온 권 선생이 우리를 둘러보며 말했다.

"이상해. 남자들은 왜 다들 소극적이지?"

권 선생은 자신이 누구를 상대하고 있는지 잠시 까먹은 것 같았다.

"난 남자들이 좀 더 적극적이었으면 좋겠어. 벽으로 밀어붙이고, 키스도 막 하고."

지은 언니와 혜린 언니가 키득거렸다. 나는 권 선생의 얼굴을 빤히 쳐다보며 물었다.

"선생님, 아직도 처녀예요?"

권 선생이 당황해하며 얼굴을 붉혔다.

"그, 그런 말이 어디 있어요? 나, 남자를 잘 알죠."

나는 언니들과 눈을 맞추며 권 선생을 비웃었다.

권 선생의 성교육 시간은 지루하기 짝이 없었다. 피임 얘기만 되풀이했다. 수업 내용도 인터넷에 나와 있는 걸 그대로 복사해 나눠 주었다. 어느 날 권 선생이 콘돔 한 상자를 들고 왔다. 그런데 정작 자신은 부끄러워서 고무를 꺼내 사용법 시범조차 제대로 하지 못했다. 보다 못한 누군가가 외쳤다.

"선생님, 우린 다 아는 거예요!"

모두들 웃음을 터트렸다. 얼굴이 벌게진 권 선생이 갑자기 손가락으로 우리들을 한 사람씩 지목했다.

"혜린 씨, 지은 씨, 보라 씨! 웃지 마세요. 다들 피임도 제대로 못한 주제에… 그래서 이렇게 불쌍한 미혼모가 된 거잖아요!"

순간 강당 안이 조용해졌다.

수업이 끝난 후 화가 난 혜린 언니가 방방 뛰었다. 그러더니 결국 사무실로 원장을 찾아갔다. 인터넷 검색이나 댓글 달기에 열심인 혜린 언니는 다양한 종류의 단어를 알고 있었다. 혜린 언니는 '모욕감'을 느꼈다고 원장에게 말했다. 원장은 무서운 게 없는 이곳의 일등 대장이었지만 인터넷에는 민감했다. 특히 혜린 언니의 댓글 달기 취미에 신경을 썼다. 그날은 혜린 언니의 한판 승리였다. 원장이 권 선생을 불러다 야단쳤고, 권 선생이 잘못했다고 빌면서 울었다는 소문이 생활관 안에 파다하게 퍼졌다.

강당 프로그램 중에는 재미있는 것도 꽤 있었다. 나는 특히 손으로 뭔가를 만들어 갖게 되는 시간이 좋았다. 다들 좋아하는 프로그램은 소품공예, 리본공예, 뜨개질, 향초 만들기 등이었다. 싫어하는 프로그램은 문학 교실, 서예 교실, 태교 교실 순이었다. 문학 교실은 강의하러 온 외부 강사가 뜬금없이 이 글의 주제가 뭐냐고 묻거나, 백지를 나눠 주고 시를 쓰라고 하거나 했다. 모두들 황당해했다. 우리가 시를 쓰지 않으면 강사의 얼굴이 붉으락푸르락해졌다. 그런 날에는 강사가 내내 뚱한 표정을 지었다. 서예 교실은 한 시간 동안 글자를 하나씩만 연습했다. 붓을 들고 한 일(一)자나 바를 정(正)자를 팔이 저려 올 때까지 썼다. 태교 교실은 자원봉사자들이 한꺼번에 우르르 몰려와 태교 동화를 읽어 주었다. 나이 든 교회 권사들이 어린아이처럼 혀 짧은 소리를 내며 동화책을 읽으면 정말이지 우스워서 죽을 지경이었다. 웃기지만 웃음을 참아야 하는 시간. 태교 교실은 우리에게 인내심을 가르쳐 주는 시간이었다.

*

나는 늘 배가 고팠다. 외부음식 반입 금지 규칙, 게다가 저녁 8시 이후에는 간식을 먹을 수 없기 때문이었다. 2층의 식당 음식은 맛이 너무 없었다. 식당 이모는 반찬을 세 가지씩 준비했다. 김치, 오징어볶음, 달걀찜이거나, 김치, 잡채, 어묵볶음 등이었다. 먹을 때마다 반찬 맛이 달랐다. 짜거나 싱겁거나, 둘 중 하나였다. 하지만 어떤 음식도 한꺼번에 많이 먹을 수 없었다. 자궁이 커지면서 위장을 짓눌렀기 때문이었다. 소화불량과 속쓰림이 계속되었다. 하지만 배는 금방 고팠다. 밤 11시 소등시간이 되어 이불을 펴고 누우면 온갖 군것질거리들이 머릿속에 떠올랐다. 편의점 진열대의 천 원짜리 과자들이 눈앞에서 왔다 갔다 했다.

그래도 누군가는 바깥 음식을 숨겨 오는 데 성공했다. 후드티 모자 속, 브래지어 안, 접는 양말 안쪽 등에 초콜릿이나 사탕을 숨겨 왔다. 면회 온 가족들이 음식이 든 비닐봉지를 계단에서 몰래 쥐여 주고 떠나기도 했다. 2층과 3층으로 향하는 계단에는 CCTV가 없었다. 1층 사무실 복도에서 가족들과 떠들썩하게 인사를 나눈 뒤 음식 봉지를 들고 계단을 오르면 그만이었다. 컵라면이 단연 인기였다. 지은 언니가 컵라면을 얻어 온 날, 밤중에 랜턴을 들고 도둑고양이처럼 2층 식당으로 살금살금 내려가 정수기에서 뜨거운 물을 받아 왔다. 혹시라도 문틈으로 불빛이 새어 옆방에서 자고 있는 사감 선생이 눈치챌까 봐 두꺼운 이불 안에서 랜턴을 켜고 라면을 먹었다. 다 먹은 후엔 방에 냄새가 배지 않도록 추운 날씨인데도 창문을 활짝 열어젖혔다.

몰래 야식을 먹은 날에는 특히 잠이 오지 않았다. 끄윽 대며 계속 트림을 했다. 배가 점점 부풀어 오면서 똑바로 누워도, 옆으로 누워도, 잠을 잘 수 없었다. 튼살 위에 올리브오일을 철벅철벅 발랐다. 하지만 아랫배와 허벅지는 날이 갈수록 징그럽게 갈라졌다. 오줌을 더 자주 눠야 했다. 화장실 앞에서 매번 신경전이 벌어졌다.

잠이 오지 않는 밤엔 지난 일들이 새록새록 떠올랐다. 그날 새벽은 재수에 옴 붙은 날이었다. 주점에서 술 취한 여자 어른들과 시비가 붙었다. 시비 끝에 어떤 여자가 희수의 뺨을 때렸고, 우리 쪽 남자애가 그 여자를 확 밀쳤다. 순식간에 의자가 뒤집어지고 술잔이 엎어졌다. 긴급 출동한 경찰들은 어른들 말만 들었다. 술 취한 고등학생들에게 불리한 진술들이 쏟아졌다. 다음 날, 그쪽 여자 둘이 진

단서를 끊고 병원에 드러누워 버렸다. 희수는 더 재수가 없었다. 중3 때의 폭행사건이 까발려졌다. 결국 희수는 보호관찰 2년에 사회봉사 150시간을 선고받았다. 그날 이후 희수는 만날 때마다 나를 들볶았다. 내가 받은 보호관찰 6개월을 질투하면서 트집을 잡았다. 똑같이 사고 쳤는데 이렇게 불공평한 게 어디 있냐고 불만이었다. 희수 만나기가 점점 짜증났다. 담당 보호관찰관도 희수 만나는 걸 간섭했기 때문에 희수와는 점점 사이가 멀어졌다.

엄마는 딱 한 번 면회 왔다. 1층 면회실에서 엄마는 '혀 깨물고 죽는 한이 있어도' 아기를 낳아 키우는 건 절대로 볼 수 없다고 말했다. 여자 혼자 애 키우기가 어디 쉬운 세상이더냐고 엄마가 신세한탄을 늘어놓았다. 평생 손가락질 받지 말고 깨끗이 새출발 하라고 윽박질렀다.

나는 어떻게 해야 할지 여전히 알 수 없었다. 술 담배도 완전히 끊지 못했고, 날마다 기분도 들쑥날쑥 제멋대로였다. 나중에 모자원에 입소해서 아기를 키우면서 취업준비를 해낼 자신도 없었다. 엄마 말대로 아기를 보내는 것이 나을 것 같았다. 어쩌면 아기는 좋은 엄마, 좋은 아빠와 살게 될지도 몰랐다. 운이 좋으면 미국이나 캐나다로 보내질지 몰랐다. 다른 아이들보다 엄청 빠르게 조기유학을 가는 셈이었다.

*

위층에서 지은 언니의 고함 소리가 들렸다. 식당에서 점심을 먹던 사람들이 숟가락질을 멈추고 숨을 죽였다. 나는 혜린 언니를 쳐다보았다. 혜린 언니도 놀란 표정이었다. 지은 언니가 식당에 내려오지 않았지만 아무도 크게 신경 쓰지 않았다. 외출일지를 쓰고 밖에 나가려니 짐작했다. 이어서 권 선생의 앙칼진 목소리가 들렸다. 그제야 상황이 짐작 된다는 듯 다들 밥을 계속 먹었다.

나는 자리에서 일어섰다. 지은 언니의 고함 소리가 멈추지 않아서였다. 혜린 언니를 쳐다봤다. 혜린 언니도 숟가락을 내려놓고 일어서고 있었다.

재스민실에서 지은 언니가 여행 가방을 챙기고 있었다. 배를 앞으로 내밀고 굼뜨게 몸을 움직이며 옷가지를 챙겨 넣었다. 권 선생은 팔짱을 끼고 방문 앞에 서 있었다.

“왜 항상 나만 들들 볶고 지랄이에요? 홍삼포나 비타민제 나눠 줄 때도 나만 빼놓고, 외출시간도 왜 나는 일 분만 늦어도 반성문 쓰고 벌 청소 시켜요?”

“그건 지은 씨 피해망상이에요. 정신 차려요! 여긴 혼자 사는 곳이 아니잖아요. 제멋대로 행동하면 안 돼요.”

“내가 갈 데가 없는 줄 알아요? 나가면 될 거 아니에요?"

지은 언니가 가방을 질질 끌며 현관으로 향했다. 배불뚝이 지은 언니는 갈 곳이 없었다. 언니를 붙잡아야 했다. 나는 발을 동동 굴렀다. 그때 혜린 언니가 재빨리 지은 언니의 가방을 빼앗았다.

"내 가방 이리 내! 이제 더는 못 참아! 나 나갈 거야!"

혜린 언니가 가방을 끌고 목련실로 들어가 방문을 잠갔다. 지은 언니가 목련실 방문을 쿵쿵 두드리며 울고불고 했다.

그날 밤, 혜린 언니가 베개를 들고 재스민실로 건너왔다. 바닥에 이불을 펴고 셋이서 함께 누웠다. 혜린 언니가 그동안 숨겨 두었던 아기 사진첩을 보여 주었다. 남자친구와 자취방에서 살 때 정리해 둔 포토다이어리였다. "그 새끼 사진은 다 찢어서 버렸는데, 뱃속 아기 사진은 차마 못 버렸어." 다이어리의 제목이 "내 생애 최고의 선물"이었다. 점점 자라면서 변해 가는 태아 모습들, 그리고 임신 초기와 중기 무렵의 혜린 언니 사진들이 보였다. 다이어리는 8개월째에 끊겼다. 마지막 페이지에 이런 글귀가 있었다. "아가. 반가워. 네가 와 줘서 얼마나 기쁘고 행복한지." 다이어리를 덮으며 혜린 언니가 흐느껴 울었다. 나도 따라서 엉엉 울었다. 지은 언니는 말없이 고개를 벽 쪽으로 돌렸다.

그날 밤 혜린 언니는 119 구급차에 실려 갔다. 두통과 복부 통증으로 잠이 깬 언니는 갑자기 눈앞이 보이지 않는다고 호소했다. 나는 옆방의 사감 선생을 깨웠다. 언니에게 호흡곤란 증세가 나타나자 사감이 구급차를 불렀다. 나는 혜린 언니와 함께 앰뷸런스에 탔다. 응급실에 도착했을 때 언니는 혈압이 170까지 올랐고 소변에서 엄청난 양의 단백뇨가 검출되었다. 급성 임신중독증이라고 했다. 요즘 들어 갑자기 몸무게가 늘고 발이 부은 것도 임신중독증 증상 때문이었다. 사감이 원장에게 전화를 걸었다. 놀란 원장은 무조건 의사의 조치에 따르라고 지시했다. 새벽에 혜린 언니는 응급 제왕절개술을 받았다.

덕분에 혜린 언니의 아기는 일찍 세상에 나왔다. 35주차에 2.4kg으로 태어난 남자 아기였다. 마취에서 깨어나자마자 언니는 아기의 성별을 물었다. 왕자님, 이라고 내가 말해 주었다. 혜린 언니가 한숨을 푹 내쉬었다. 남자 아기는 입양되지 않고 시설로 보내질 확률이 많았기 때문이었다. 언니가 자꾸만 아기에 대해 캐물었다. 할 수 없이 내가 응급실과 신생아실을 왔다 갔다 하며 소식을 전했다. 신생아실 유리 저편의 아기는 얼굴이 온통 주름투성이였다. 갓 태어난 아기는 조그마한 얼굴을 찡그리며 숨을 할

딱거리고 있었다.

다음 날, 혜린 언니는 아기 얼굴을 봤다. 밤중에 신생아실을 찾아간 언니는 당직 간호사에게 아기를 한 번만 보여 달라고 부탁했다. 얼굴이 쭈글쭈글한 아기를 보고 언니가 하염없이 눈물을 흘렸다. 며칠 후 언니는 병원에 아기를 남겨 두고 퇴원했다. 3층으로 돌아온 언니가 자꾸만 울었다. 불쌍한 아기가 꿈에 나타난다고 했다. 다음 날 혜린 언니는 지하철을 타고 병원에 갔다. 아기를 한 번 더 보기 위해서였다. 그 다음 날에도 언니는 병원으로 갔다. 위탁모에게 아기가 넘겨지기 직전, 혜린 언니는 아기를 데리고 돌아왔다. 혜린 언니는 아기와 함께 4층으로 방을 옮겼다.

*

사무실이 비상이었다. 며칠 후 대대적인 입양 홍보 행사가 시작되기 때문이었다. 선생님들은 행사 준비로 눈코 뜰 새 없이 바빴다. 포스터를 제작하고, 행사에 참석할 귀빈들의 명단을 정리해서 초대장을 발송하고, 행사장인 시내의 호텔에 들러 꽃꽂이나 사진의 위치를 확인하느라 야단법석을 피웠다. 아기를 품에 안은 유명 연예인들의 사진이 신문과 잡지에 대대적으로 실렸다. 나는 마음이 조마조

마했다. 혹시라도 퇴소한 엄마들이 자기 아기를 신문이나 잡지에서 보게 된다면 가슴이 찢어질 것이었다.

나는 권 선생과 상담실에 마주 앉았다. 입양동의서에 사인하는 걸 더 이상 미룰 수 없어서였다. 친권포기각서에 날짜와 이름을 적는데 괜히 눈물이 났다. 가슴이 저릿저릿했다. 어쩌면 홀가분한 기분인지도 몰랐다. 이제 나는 다시 예전으로 돌아갈 것이다. 다시 날씬해질 것이고, 친구들과 깔깔거리며 몰려다닐 것이고, 술 담배도 실컷 할 수 있을 거였다. 남자친구는 만들지 않을 작정이었다. 남자라면 정우 오빠든 그 누구든 징그러웠다.

아기는 39주차에 태어났다. 새벽에 진통이 시작됐지만 아기가 태어난 건 다음 날 오후 2시 무렵이었다. "예쁜 공주님이네요." 의사 선생님이 말했다. 나는 눈을 꾹 감고 아기를 쳐다보지 않았다. 그 정도는 알고 있었다. 아기를 쳐다본 순간 모든 일이 틀어져 버릴 수 있을 테니까.

나는 흰색 건물을 등지고 도로로 나섰다. '입양은 기쁨입니다.' 새롭게 단장한 플래카드가 바람에 펄럭거렸다. 빵빵해진 젖꼭지에서 액체가 흘러내렸다. 가슴이 아렸다. 여행 가방을 끌며 나는 생각했다. 이제부터 나는 정말 행복해지는 걸까? 무엇보다도 그게 궁금했다.

# 우리들, 킴

우리는 브뤼셀 외곽의 크고 작은 도시에서 살고 있었다. 작년 연말, '벨기에 한인 입양인회'라는 모임이 처음 결성되었고, 그 자리에서 우리는 서로의 이름이 킴이란 걸 확인했다. 우리는 적잖이 당황했다. 하지만 누가 먼저랄 것 없이 곧 어색한 웃음을 터트리며 분위기를 누그러뜨렸다. "이 세상에는 킴이 너무 많아." 우리 중 누군가가 말했다. 한국에서는 킴이 이름이 아니라 성이라는 사실을 다들 알고 있었다. 입양 당시 어떤 식으로든 아기를 고국 문화와 연결해 주려던 양부모들의 얕은 지식과 호의가 불러온 혼란이었다. "그래도 다들 성이 달라서 다행이야." 누군가 이렇게 말하자, 또 다른 누군가가 대꾸했다. "난 몇 년 전에 친엄마를 만났는데, 내 성도 킴이었어."

몇 년 전, 한국에서 친엄마를 만난 킴은 화가였다. 킴은 용감했다. 양엄마를 싫어하고, 친엄마 역시 좋아하지 않는다는 사실을 주변 사람들에게 당당하게 밝혔다. 열일곱 살에 양엄마와 결별한 후 집을 뛰쳐나온 킴은 20년 만에 만난 친엄마와도 갈등이 깊었다. 킴의 엄마는 미혼 시절에 아기를 낳아 두 달 뒤에 길거리에 버렸고, 그 후 결혼해서 두 아들을 낳아 기르며 살고 있었다. 첫 상봉 이후에도 킴은 엄마와 떳떳하게 만나거나 연락할 수 없었다. 엄마가 과거를 숨기고 싶어 했기 때문이었다. 엄마 쪽에서도 스트레스가 심했는지 몇 년에 걸쳐 두 사람은 자연스럽게 멀어졌고 연락이 끊겼다.

화가 킴은 이 모든 이야기를 맥주와 와인과 치즈와 말린 과일이 놓인 다과 테이블 앞에서 털어놓았다. 그러면서 우리 중 누군가가 친부모를 찾기 원한다면 한국과 벨기에의 인맥을 총동원해서 도와주겠다고 약속했다. 그녀는 한 손에 담배를 다른 손에는 맥주잔을 들고 있었다.

“난 벨기에 입양아 1세대야. 스웨덴을 제외한 유럽 국가에는 1968년 이후에야 한국 고아들이 도착할 수 있었지. 1969년에 네 명의 아기가 처음 벨기에로 왔고, 그 후 한국 아기들이 물밀듯이 쏟아져 들어왔어.”

말하는 도중에 킴은 연거푸 맥주잔을 들이켰다. 친엄마와 사이가 멀어진 후에도 킴은 벨기에와 한국을 오가며 미술 전시회를 열고 활동했다. 그리고 서울의 한 입양인 단체에 자원봉사자로 일하며 친부모를 찾는 다른 입양인들을 도왔다.

사실 그날 우리 모두는 약간의 흥분상태에 빠져 있었다. 벨기에에 살고 있는 삼천칠백여 명의 한국 출신 입양인 중에서 스물세 명이 처음으로 모인 날이었던 것이다. 조그마한 유럽의 나라에 이토록 많은 한국인 입양인이 살고 있다는 사실에 다들 놀랐고, 비슷비슷한 갈색 머리, 갈색 눈동자, 누런 피부를 서로 확인하며 새삼 다시 놀랐다.

화가 킴의 이야기에 열렬한 반응을 보인 사람은 다과 테이블 앞에 서 있던 또 다른 킴이었다. 그녀는 건축 사무실의 계약직 비서였고, 작년에 난생처음 한국을 방문한 적이 있었다.

"방송국에서 연결해 준 유전자 연구소에 머리카락과 입안을 훑어 낸 면봉을 두고 왔어."

누군가 비서 킴에게 물었다.

"가족은 못 만났어?"

"아침 방송에 출연한 후에 두 가족이 나타났어. 하지만 친자확인 결과 둘 다 불일치 판정을 받았어."

"그걸로 끝이었어?"

"응. 달리 뭘 할 수 있었겠어?"

친부모 찾기에 관한 한, 우리의 의견은 크게 세 가지로 나뉘었다. '나는 누구인가'라는 고전적인 질문에 시달리는 경우엔 한 번쯤 반드시 친부모 찾기를 시도했다. 하지만 쉬운 일이 아니었다. 어렵사리 지구 반대편으로 날아가도 기껏해야 입양서류에 적힌 보육원을 찾아가거나, '최초 발견지'를 확인하는 걸로 만족해야 했다. 친부모 찾기에 전혀 신경 쓰지 않는 이들도 많았다. 왜 그런 것에 관심을 가져야 한단 말인가? 비정한 지구에 내던져진 유기된 생명체. 아니, 도대체 그렇지 않은 인생도 있단 말인가? 하지만 대다수의 우리는 딱히 엄마라고만은 할 수 없는 무언가를 끊임없이 찾아 헤맸다. 자신의 인생에서 사라져 버린 어떤 단서, 혹은 퍼즐 조각을 찾는 것이었다. 현재를 의미 있게 만들어 줄 그 무언가가 우리에게는 필요했고, 만날 수 없고 상상 속에서만 존재한다는 바로 그 이유로 엄마의 이미지는 여러 형상들로 가슴속에 남아 있었다.

비서 킴은 첫 번째 경우였고, 작년에 특히 미칠 듯한 가려움증을 겪었다. 그녀는 긁고 또 긁고, 파고 또 팠다. 브뤼셀에서 유명하다는 피부과는 죄다 찾아다녔고, 여러 종류의 연고를 바르고 알약들을 삼켰다. 하지만 다시 가려웠고, 피가 나게 긁었고, 기포가 터져 진물이 흘렀고, 온몸에 붉은 점이 퍼졌다.

"겪어 보지 않으면 아무도 그 고통을 몰라."

우리의 눈길이 저절로 킴의 얼굴과 목덜미로 향했다. 얼핏 보기에 상태가 그리 고약해 보이지는 않았다. 전체적으로 피부에 붉은빛이 돌고, 붉은 점이 군데군데 눈에 띌 뿐이었다. 증세가 호전된 것 같았다.

"그런데 소문과는 달리 한국인들은 다소곳하거나 예의를 차리는 부류가 아니었어."

작년에 킴은 불쾌한 한국인들을 여럿 만났고, 그중 한 사람은 방송국 아웃소싱 팀에 소속된 작가였다. 그는 공과 사를 철저히 구분했고, 방송과 직접 관련 없는 킴의 부탁들을 조목조목 거절했다. 절박하고 필사적인 심정으로 가족을 찾는 사람들에게 오랫동안 시달려 온 탓인 듯했다. 그래도 비서 킴은 아랑곳하지 않고 끈질기게 질문을 퍼부었다. '내가 친부모를 만나게 될 확률은?', '새로 밝혀진 내 정보는?', '유전자 검사 결과는 몇 퍼센트 믿을 수 있나?', '언니라고 주장하는 여자가 나와 닮지 않았나? 당신의 정확한 의견은?' 등등 하루에도 수차례씩 메시지를 보냈다. 작가는 킴에게 결국 다음과 같은 이메일을 보냈다. '내가 신(神)인가요? 어떻게 당신에 관한 모든 걸 알겠어요? 내게 더 이상 질문하지 마세요. 당신은 결국 당신이 듣고 싶은 대답만 듣길 원하잖아요.'

비서 킴이 변명하듯 말했다.

"브뤼셀에서는 300유로에 6주 걸리는 친자확인 검사가 서울에서는 20만 원에 겨우 이삼 일 걸렸어. 그래서 검사 결과를 믿을 수 없었어."

화가 킴이 비서 킴에게 물었다.

"20만 원을 지불했어?"

"결과가 일치하면 생방송에 출연한다는 조건으로 돈을 내지는 않았어."

화가 킴이 비서 킴에게 말했다.

"원한다면 너에 대해 자세히 조사해 볼게."

화가 킴은 다음 달에 한국을 다시 방문할 예정이었다. 재외 한인 예술가들을 초청하는 P대학 학술대회에 참가하는 것이었다. 여행경비와 체재비가 지원되는 학술대회 기간 동안 그녀는 비서 킴의 친가족을 찾아보겠다고 약속했다.

개인 자료를 보내 주기만 하면 가족 찾는 일을 도와줄 수 있느냐고, 누군가가 화가 킴에게 물었다.

"물론이지."

화가 킴이 고개를 끄덕였다.

우리가 보관하는 자료는 대개 엇비슷했다. 한국을 떠날 때 다들 비슷한 절차를 거쳤기 때문이었다. 양부모로부터 받은 입양서류 외에 이런저런 경로로 수집한 서류들은 종류가 꽤 여러 가지였다. 생활기록부, 건강기록부, 경과보고서, 비행 전 보고서 등은 홀트 서울 지부에서 영어로 작성한 문서였다. 아동카드, 고아 후견인 지정인 신청서, 입양 서약서, 그리고 입양 직전에 아이를 호주로 등록한 호적등본은 보육원, 서울 시청, 구청에서 발행한 문서였고, 영어와 한글 원본이 각각 남아 있었다. 맨 마지막 서류는 해외 입양이민 승낙서였다. 만약 우리 중 누군가가 인내심을 갖고 한글을 배운다면, 어느 날 마침내 다음과 같은 한글 문장을 읽게 될 것이었다.

'상기 아동은 본인이 양육하는 유적아로서 아동의 장래를 위해 귀회의 알선으로 입양 이민하는 것을 승낙하며 상기 아동에 대한 모든 권리를 고아 입양 특례법 제 2조에 의하여 포기합니다.'

다들 똑같은 포즈로 찍힌 사진이 서류 속에 들어 있었다. 영문 이름, 케이스 번호, 생년월일이 적힌 커다란 목걸이를 목에 건 사진이었다. 그 사진을 보면 누구든 한동안 물끄러미 그걸 들여다보게 되었다. 때로 묘한 기분이 들었는데, 아마도 무뚝뚝하게 정면을 응시하는 얼굴 표정 때문인 듯했다. 그때 우리는 법적으로 고아와 무국적 신분이 되어 어딘지 모를 먼 곳으로의 여행을 앞둔 아이들이었다. 사진 속에서 웃고 있는 입양아를 아직까지 본 적이 없다. 울고 있는 아이도 없었다. 당연한 일이었다. 혜자야, 정식아, 수진아, 자, 여기 보세요. 하나, 둘, 셋. 그 순간 놀란 아이가 울음을 터트렸다면 사진사는 다시 셔터를 눌렀을 것이고, 아무리 해도 웃지 않는 아이의 무표정한 얼굴을 가까스로 렌즈 안에 담았을 것이다.

작년 연말, '벨기에 한인 입양인회' 모임은 우리들에게 깊은 인상을 남겼다. 수많은 사람들 중에서 겨우 스물세 명이 모인 것이었지만, 우리들 대부분은 한국이 '한강의 기적'을 이룩한 1970년대에 이곳으로 보내졌다는 공통점이 있었다. 기적을 이루는 데 우리의 존재가 거추장스러웠다는 것을 짐작할 수 있었다. 그날 우리는 대체로 즐거웠다. 맥주와 와인을 마시며 쉴 새 없이 수다를 떨었고 자주 흥분했다. 첫 모임이라고는 믿기지 않을 정도로 의기투합하기도 했다. 일 년에 한 번 정기 모임을 갖고, 분기별로 한 차례 회보를 만들기로 결정했다. 로베르가 즉석에서 편집장으로 뽑혔고, 회원 근황을 담은 회보는 프랑스어, 플라망어, 영어로 각각 작성하여 이메일로 발송하기로 했다.

*

회원동정란에 실린 첫 소식은 비서 킴에 관한 이야기였다. 비서 킴은 올 2월에 친엄마를 만났다. 작년 연말 모임

이후 두 달 만이었고, 화가 킴이 한국에 다녀온 지 겨우 한 달 만이었다. 한국의 방송사에서도 하지 못한 일을 해내다니! 이것이야말로 기적이 아닐 수 없었다. 역시 화가 킴은 친부모 찾기에 일가견이 있는 전문가였다.

한국에 도착한 화가 킴은 곧장 P시 시청을 찾아갔다고 한다. 비서 킴의 입양서류에 적힌 '최초 발견지'가 P시였기 때문이었다. 그런데 시청에 보관된 '요보호자 수용 의뢰서'와 '상담조서'에는 놀랍게도 아기의 엄마와 아빠의 이름, 그리고 두 사람의 주민번호가 또박또박 적혀 있었다. 젊은 엄마는 경찰서를 찾아가 아기를 직접 넘겼고, 언젠가는 반드시 아기를 되찾겠다고 결심한 것이었다. 화가 킴은 곧바로 관할 경찰서를 방문해 '헤어진 가족 찾아주기 신청서'를 제출했다. 경찰서에서의 추적은 그리 어렵지 않았다. 주민조회를 통해 전국에 흩어진 같은 나이, 동명의 남녀를 알아냈고, 민원 상담관이 신원을 확인하는 전화를 일일이 걸었다. 화가 킴은 곧 벨기에로 돌아왔다. 뒷일은 P대학 학술대회에서 만난 최가 맡아 주었다. 최는 경찰서의 민원 상담관과 연락을 주고받았고, 당사자인 비서 킴에게 이메일로 직접 소식을 전했다.

비서 킴의 아버지는 3년 전 세상을 떠났고, 제적부에는 고령의 아내와 세 자녀에 관한 기록이 남아 있었다. 세 자녀는 모두 킴보다 나이가 많았다. 민원 상담관이 P시에 사는 이복오빠와 통화했다. 벨기에로 간 입양아에 대해 묻자 전화기 옆에 있던 이복오빠의 어머니가 사실을 확인해 주었다. 고령의 아내는 P시의 다른 동네에서 남편과 오랫동안 함께 살았던 킴의 엄마에 대해 잘 알았고, 기꺼이 연락처를 수소문해 주었다. 민원 상담관의 연락을 받은 친엄마는 작년에 킴이 방문했던 서울의 유전자 연구소를 찾아가 친자확인 검사를 했다. 이후 모든 일이 빠른 속도로 진행되었다.

그즈음 비서 킴은 밤잠을 잘 수 없었다. 붉은 발진이 다시 온몸으로 퍼졌고, 신경이 극도로 예민해졌다. 모든 게 의심스러웠고 불안했다. 피부염 치료약과 함께 수면제와 항불안제를 복용해야 했다. 가장 미심쩍은 건 최가 보낸 '유전자 분석 감정서'와 '친자확인 유전자 분석결과'였다. 킴은 이메일로 받은 한글 서류를 브뤼셀 시내의 번역원에 의뢰했다. 불어로 번역된 검사 결과는 다음과 같았다.

'본 검사 결과 검체 1의 모발 1과 검체 2의 모발 2는 검사된 모든 STR 유전자 좌에서 일치하였으며, 친모 확률값이 99.98%로 나타나 친자관계가 성립함을 증명해 줍니다.'

초조해진 킴은 최에게 이메일을 보냈다. 검사자와 분석

자의 서명이 서류에 누락된 이유는 무엇인지, 어떻게 이런 걸 공식서류라고 믿으라는 건지, 연구소 책임자가 서명한 서류를 자신이 직접 이메일로 다시 받을 수 있는지 등을 물었다. 킴은 그 누구도 궁극적으로 믿을 수 없었다. 서류를 다시 받아서 신뢰도를 다시 꼼꼼히 따져 봐야겠다는 생각뿐이었다.

킴은 하룻밤에 연달아 다섯 통의 이메일을 최에게 보냈다. 문장 속에 신경증이 고스란히 드러나 있었다. 다음 날, 최가 보낸 답장은 전체적으로 부드러웠다. 하지만 자신은 직장일과 가정일로 분주한 여성이며 자원봉사자일 뿐이라는 사실을 분명히 밝혔다. 서류를 잘 살펴보면 유전자 연구소 소장의 직인이 하단에 찍혀 있고, 연구소에서 자신을 통해 킴에게 서류를 전달한 건 처음부터 그런 식으로 연락을 했기 때문이라고 설명했다.

킴은 손톱의 거스러미를 물어뜯으며 최의 이메일을 읽었다. 카카오톡에서 봤던 최의 얼굴이 서서히 일그러지는 상상을 했다. 처세술과 대인관계는 킴에게 가장 어려운 숙제였다. 자신이 버려진 아이였기 때문이라고 언젠가 킴이 말했을 때, 우리는 말없이 고개를 끄덕였다. 어쨌든 킴은 최의 심기를 거스르고 싶지 않았다. 킴에게 질려 버린 최가 갑자기 연락을 끊어 버리게 만들어서는 안 되었다. 킴은 다소 과장된 문구를 사용하여 최에게 감사 메일을 보냈다.

*

그날 비서 킴은 퇴근 후 곧장 집으로 왔다. 겨울비가 추적이고 하늘이 음습하게 내려앉은 날이었다. 전형적인 벨기에의 겨울 날씨였다.

밤 12시가 되자 스카이프 아이디를 입력하고 사이트에 접속했다. 한국시간으로는 아침 8시일 거였다. 잠시 후 세 여자가 컴퓨터 화면에 나타났다. 여자들은 일제히 정면을 쳐다보고 있었다. 사진으로 봤던 여자가 입양서류에 적힌 킴의 한글 이름을 불렀다.

"은혜야!"

첨부파일에서 봤던 모습 그대로였다. 짧은 파마머리에 얼굴이 둥글고 넓적했다. 알록달록한 붉은색 블라우스를 입고 있었다.

"니가… 은혜냐?"

자신이 낳은 딸의 이름이 은혜라는 걸 여자는 며칠 전에야 알았다. 킴의 한글 이름은 보육원의 원장 수녀가 지어 준 것이었다.

"엄마?"

"그래, 은혜야."

"그동안 안녕하셨어요? 엄마?"

여기까지였다. 킴이 능숙하게 구사하는 한국어가 총동원된 것이었다. 킴은 더 이상 말을 잇지 못하고 다른 두 여자에게로 눈길을 돌렸다. 나이 든 여자는 이모일 것이고, 젊은 여자는 이모의 딸인 사촌일 거였다. 최의 이메일에 의하면, 사촌은 대학의 영문과에 재학 중이었다.

사촌이 자신의 손등을 손가락으로 가리키며 영어로 말했다.

"손등의 점을 보고 싶다고 하시네요."

킴은 화면을 향해 왼쪽 손등을 비췄다. 엄지와 검지 사이, 콩알 크기의 검은 점이 보였다. 최의 이메일을 통해 여자가 맨 먼저 물어본 것도 손등에 과연 점이 있는가 하는 것이었다.

손등을 확인한 여자들이 탄성을 질렀다. 그때 여자가 뭐라고 말했고, 사촌이 통역했다.

"맞다고 하시네요. 그리고 당신 얼굴이 큰 이모 젊었을 때랑 아주 똑같다고 합니다."

사촌이 덧붙였다.

"이모는 평생 딸을 찾아 헤맸다고 합니다. 그리고 항상 죄책감을 느꼈답니다. 이모에게 혈육은 오직 당신뿐이라고 하네요."

킴은 여자의 얼굴을 바라보았다. 바야흐로 일생일대의 소원이 이루어지는 순간이었다. 그런데 이상하게도 실감이 나지 않았다. 눈물은커녕 오히려 눈자위가 건조해지고 눈알이 쓰라렸다.

사진으로 봤을 때보다 여자는 훨씬 더 젊어 보였다. 빨간색 립스틱과 알록달록한 블라우스 때문인지도 몰랐다. 자신이 여자를 닮았는지는, 여전히 알 수 없었다.

나중에 킴이 여자의 사진을 보여 주었을 때, 우리들의 대답은 제각각이었다. "둘이 닮은 것 같기도 해. 그런데 한국인들은 다들 비슷비슷하게 생겨서 말이야." 한국인들과 자주 접촉하지 않은 이들의 대답이었다. 몇 사람은 좀 더 세심한 눈길로 여자의 이목구비를 살폈다. 그리고 킴이 보여 준 아버지의 사진과도 신중하게 비교했다. "옆으로 벌어진 눈매, 각진 턱, 그리고 이 광대뼈 좀 봐. 넌 엄마보다는 아빠를 더 닮았어." 이렇게 말한 건 줄리앙이었다. 그의 의견에 우리들 대부분이 동의했다. 전체적으로 마르고 골격이 각진 편인 킴은 둥글고 후덕한 사진 속의 여자와는 분명히 인상이 달라 보였다.

손등의 점을 확인한 순간, 화면 속의 여자가 급격히 무너졌다. 여자가 소리 내어 울었다. 킴의 눈에서도 눈물이 흘렀다. 울고 있다는 걸 의식하기도 전에 눈물이 먼저 흘러내렸다.

친부모 상봉 시 첫 만남이 가장 힘들다는 건 널리 알려진 사실이었다. 양측 모두 억눌렸던 감정이 순간적으로 폭발하기 때문이었다. 특히 친부모 쪽에서 적극적으로 용서를 구했다.

사촌이 통역했다.

"미안하다고, 용서해 달라고 하시네요."

그동안 준비해 둔 말들이 킴의 목구멍 속에서 끓어올랐다. 거울을 보며 또박또박 연습해 둔 문장도 있었다. 하지만 아무것도 생각나지 않았다. 사촌이 다시 말했다.

"용서해 달라고 하십니다."

킴은 겨우 대꾸했다.

"어머니가 죄책감을 갖는 걸 원하지 않습니다. 나는 모든 걸 이해합니다."

흐느끼던 여자가 뭐라고 말했고, 사촌이 통역했다.

"아버지 가족과도 연락을 했느냐고 물으십니다."

"아직 안 했어요."

"앞으로도 그쪽과는 연락을 하지 말았으면 하십니다."

그날 이후 킴은 일주일에 두세 번, 스카이프를 통해 엄마를 만났다. 엄마는 항상 친척들과 함께 화면에 나타났고, 킴은 이모들과 외삼촌과 사촌들을 알게 되었다. 어린 사촌들은 쉽게 얼굴을 구분할 수 없었다. 다들 엇비슷했다. 헬로! 하이! 사촌들이 서툰 영어로 말을 걸면 옆에 있는 친척들이 미소를 짓거나 웃음을 터트렸다. 벨기에에서는 영어가 아니라 불어와 플라망어가 사용된다는 사실을 아무도 모르는 것 같았다. 친척들에 둘러싸인 엄마는 즐거워 보였다.

엄마의 바람과는 달리 킴은 아버지의 가족과 연락을 주고받았다. 어쩔 수 없는 일이었다. 경찰서의 민원 상담관이 맨 먼저 찾아낸 사람이 바로 이복오빠였고, 엄마의 연락처를 알려 준 사람 역시 아버지의 아내였다. 엄마 역시 이 모든 연결고리를 알고 있었다. 그런데도 어쩐 일인지 엄마는 킴이 아버지의 가족과 연락하는 걸 원치 않는다고 했다.

한 달 후, 킴은 한국행 비행기 표를 예약했다. 일단 한국으로 가서 모든 걸 다시 확인하고 싶었다. 킴은 회사에 사직서를 냈다. 회사를 그만둔 건 이번이 처음이 아니었다. 그녀의 업무는 주로 문서를 정리하거나 복사하는 일이었다. 6개월이나 1년짜리 단기 계약직이었다. 매번 계약기간이 끝나면 실업급여를 받으면서 다시 직장을 구했다. 이번 계약기간 역시 머잖아 끝날 것이었다. 두어 달쯤 전에 미리 일을 그만두어도 상관없었다.

킴은 리에주에 살고 있는 양모에게 전화를 걸었다. 브뤼셀에서 동쪽으로 약 90킬로미터 떨어진 리에주는 킴이 고등학교를 졸업할 때까지 살았던 도시였다. 친엄마를 찾아 한국으로 떠난다는 소식에 양모는 깜짝 놀라는 듯했지만 곧 무덤덤한 목소리로 행운을 빈다고 말했다. 킴은 양모와 친한 사이가 아니었다. 고등학교를 졸업하고 브뤼셀의 직업학교에 다니면서부터 자연스럽게 사이가 멀어졌다. 몇 년 전 양부가 세상을 떠난 후로는 일 년에 한 두 차례의 가족 모임 외에는 양모와 단 둘이 만나는 일조차 없었다.

대부분의 양부모가 그렇듯이, 킴의 양부모 역시 호의로 가득 찬 사람들임에 틀림없었다. 자신들의 남매를 낳아 기르면서도 한 번도 가 본 적 없는 먼 동양 나라의 아기를 입양해 길렀고, 삼 년 후 그 아이가 외롭지 않도록 같은 나라 출신의 다른 아기를 입양했으니 말이다. 킴은 두 번째로 도착한 한국인 입양아였다. 킴이 도착한 1977년 무렵, 양부모는 특히 동양 문화에 심취해 있었다. 두 사람은 심청가나 흥부가 같은 이국적인 음반을 수집했고, 시내에서 열리는 축제에 참석할 땐 두 입양아에게 알록달록한 색깔의 한복을 입혔다. 언니와 달리 킴이 한국식 이름을 갖게 된 것도 당시 양부모의 관심과 취향이 반영된 것이었다.

사실 1970년대 중반에 벨기에에서는 해외입양 붐이 거세게 일었다. 외제차와 한국인 입양아가 부와 휴머니즘을 상징하는 것으로 각광받았다. 킴이 리에주에 도착했을 때 언니인 플로랑스는 조용하고 영특한 동양 여자아이의 역할 노릇을 톡톡히 해내고 있었다. 자라는 동안 킴은 매사에 언니와 비교되었다. 그럴수록 킴은 주위 사람들의 기대에 어긋나는 행동을 골라서 했다. 킴의 반항심은 고등학교 시절에 정점을 찍었고, 브뤼셀의 직업학교에 진학할 무렵 차츰 수그러들었다.

한국으로 떠나기 전에 킴은 우리들 몇몇과 조촐한 송별파티를 가졌다. 작년 초, 이탈리아 남자와 헤어진 킴은 연말 모임에서 만난 줄리앙과 두어 달 동안 짧게 연애했다. 줄리앙이 킴의 송별파티에 참석한 걸 보면 두 사람은 이별 후에도 사이가 우호적이었던 것 같다. 우리는 브뤼셀 북역 근처, 리사의 아파트에 모였다. 특별할 것 없는 파티였다. 맥주를 마시며 담소를 나누고, 핑크 플로이드와 갱스부르와 자크 브렐의 음악을 들었다. 몇몇은 하시시를 피우거나 차에 타서 마셨다. 마치 학창시절의 행동을 복기하듯이 로베르와 앙리는 밤중에 역 근처의 핍쇼 가게에 다녀왔다. 누군가 두 사람을 향해 휘파람을 불며 야유를 보냈다.

비서 킴은 초콜릿 선물이 가득 든 여행 가방을 끌고 자벤템 국제공항을 떠났다. 이십 년 동안 할부금을 넣어 마련한 방 두 칸짜리 주택을 빈 집으로 남겨 두고서였다. 집을 세놓으려 했지만 갑작스럽게 임차인을 구할 수 없었다.

*

엄마. 난 엄마를 만나기 위해 오랫동안 기다렸어요. 난 아기를 가져 본 적 없지만 자신이 낳은 아기를 버려야 했던 여자의 고통과 괴로움을 짐작할 수는 있어요. 당시에는 지금과 모든 상황이 달랐다는 걸 잘 알아요. 내가 엄마를 만나려는 건 비난하기 위해서가 아니에요. 내가 무사하다는 걸 엄마한테 알리고, 존재의 기쁨을 함께 나누기 위해서예요. 난 엄마가 죄책감을 갖는 걸 원하지 않아요.

*

비서 킴은 약 보름 동안 엄마와 함께 살았다. 그런 후에 서울의 한 호스텔에 장기 투숙했다. 신촌에 위치한 호스텔은 한 입양인 단체가 운영하는 시설이었다. 하루 만 원의 요금을 내면 룸메이트와 방을 공유할 수 있었다. 서울에 여러 개의 입양인 단체가 있다는 사실이 놀라웠다. 생각해 보니 그럴 법했다. 그동안 한국을 떠난 고아들의 숫자가 무려 20만 명이었다. 킴은 연회비를 지불하고 한 입양인 단체에 회원으로 가입했다. 그 단체의 홈페이지에 접속하면 한국생활에 필요한 각종 정보를 얻을 수 있었다. 한국인 자원봉사자들이 운영하는 통역 서비스와 무료 한국어 강좌도 신청했다. 킴의 하루는 분주했다. 한국어 강좌, 취미 요리교실, 각종 입양인 모임들, 문화체험 및 관광 등으로 매일의 일정이 빠듯했다.

킴은 서울에서 친자확인 재검사를 하지 않았다. 인천공항에서 눈물을 쏟으며 엄마와 포옹한 순간, 그럴 필요가 없다는 확신이 들었다. 엄마는 서울의 외곽 도시에서 어떤 남자와 살고 있었다. 작은 식당을 운영하는 엄마 또래의 남자였다. 엄마는 주방에서 음식을 만들거나 설거지를 했고, 남자는 홀 서빙을 하고 계산대를 지켰다. 두 사람은 사이가 좋아 보였다.

엄마는 변덕이 심했다. 적어도 킴이 보기엔 그랬다. 어느 날 갑자기 나타난 딸의 존재를 재빨리 받아들이고 적응하다가도, 어느 순간 외계인 보듯 킴을 쳐다봤다. 엄마는 모든 걸 간섭하고 참견했다. 마치 장기간 외국 유학을 갔다가 귀국한 딸을 대하듯 했다. 통역할 사촌이 옆에 있을 땐 특히 잔소리가 심했다. 왜 여태 결혼을 안 했느냐, 피부염 관리나 똑바로 해라, 다리를 벌리지 말고 앉아라, 눈썹 문신을 해라, 화장하고 다녀라, 밤늦게 돌아다니지 말아라, 등의 말을 퍼부었다. 그러다가도 정작 킴과 단둘이 있으면 무표정한 얼굴로 TV 화면만 쳐다보았다. 엄마는 잘 웃지 않았다. 친척들, 특히 이모들과 함께 있을 땐 큰 소리로 웃고 떠들었지만, 킴과 있으면 입을 꾹 다물고 무뚝뚝한 얼굴로 되돌아갔다. '날 사랑하지 않는 걸까?' 킴은 자주 초조해졌다. 그럴 때마다 잊고 있던 한 가지 사실이 떠올랐다. '엄마는 날 버렸어.' 킴의 가슴 한편에 어쩔 수 없는 원망과 상처가 독버섯처럼 자라났다.

"만약 네가 그쪽 사람들을 만나면, 다시는 널 안 볼 거다." 사촌이 엄마의 경고를 전했을 때 킴은 혼란에 빠졌다. 왜 아버지의 가족을 만나서는 안 된다는 건지 도무지 이해할 수 없었다. 킴은 있는 그대로의 사실을 알고 싶었다. 한국에 온 이유가 바로 그것이었다. 킴이 고민을 털어 놓았을 때 암스테르담에서 온 입양인이 조언했다. "이건 네가 결정할 문제야. 일단 아버지의 가족을 만나. 엄마에게는 언젠가 사실을 말할 기회가 생길 거야." 킴은 엄마를 속이고 싶지 않았다. 그렇다고 아버지의 가족을 만나지 않고 한국을 떠날 수는 없었다. 킴은 엄마의 경고를 무시하기로 했다. 엄마에게는 당분간 모든 걸 비밀에 부치기로 했다.

P시에 도착한 킴은 먼저 최를 만났다. 두 사람은 시청과 경찰서에 들러 서류들을 다시 확인했다. 경찰서의 민원 상담관이 엄마를 추적한 과정을 자세히 설명해 주었다. 오후에는 보육원을 방문했다. 일시보호소를 거쳐 생후 6개월까지 킴이 머물렀던 곳이었다. 다음 날, 킴은 바닷가의 한 카페에서 이복오빠를 만났다. 킴의 숙소인 호스텔 인근에 있는 카페였다. 최가 그 자리에 동석했다. "우리 가족은 널 환영한단다. 그리고 어머니도 널 보고 싶어 하신다." 집안의 장남답게 이복오빠는 따뜻한 인사말로 낯선 누이를 맞았다. 킴이 질문하고 이복오빠의 대답이 이어졌다. 주로 아버지와 아버지의 가족에 관한 이야기였다. 킴이 가방에서 미니 앨범을 꺼냈다. 벨기에의 가족은 물론이고 어린 시절부터 지금까지 킴이 살아왔던 삶의 순간들이 사진 속에 고스란히 담겨 있었다.

그날 저녁, 킴은 이복오빠의 집에서 아버지의 늙은 아내를 만났다. 가난하고 구석진 동네였다. 가파른 언덕의 골목 끝에 이르자 페인트칠이 벗겨진 철제 대문이 보였다. 대문을 열고 들어서자 '큰엄마'가 마당에서 기다리고 있었다. "어서 오너라." 큰엄마가 두 손을 맞잡았을 때 킴의 가슴이 뜨거워졌다. 눈물이 볼을 타고 흘러내렸다. 그동안 킴을 괴롭혀 왔던 의문들이 비로소 조금씩 풀리는 것 같았다.

엄마가 왜 아버지의 가족을 만나지 못하게 하는지, 킴은 끝내 미스터리를 풀지 못했다. 다만 아버지의 주민조회 기록과 친척들의 이야기를 종합해서 짐작해 볼 뿐이었다. 젊은 엄마는 타지에서 근무 중인 아버지를 사랑했고, 얼마 후 아버지는 처자식이 있는 고향 P시로 돌아갔다. 몇 달 후 만삭의 엄마는 무작정 P시에 도착했지만, 아무리 애를 써도 아버지의 행방을 알 수 없었다. P시의 병원에서 홀로 해산한 엄마는 아기를 일단 경찰서에 맡긴 후 다시 아버지를 찾아 나섰다. 두 사람이 극적으로 만난 건 몇 달이 지난 후였다. 그 후 엄마는 P시에서 아버지와 함께 살았고, '큰엄마'는 본가에서 아이들을 길렀다. 애초의 결심과는 달리 엄마는 경찰서에 맡긴 아기를 빨리 찾아보지 않았다. 그런데 아버지의 암 발병 이후 엄마가 집을 떠났고, 아버지는 '큰엄마'에게 돌아갔다.

엄마가 집을 나간 이유와 시기에 대해 엄마와 '큰엄마'의 기억과 주장이 극명하게 갈렸다. 아마도 엄마는 무능한 아버지를 오랫동안 뒷바라지하며 병간호까지 했을지도 몰랐다. 혹은 '큰엄마'의 말대로 '젊을 때는 붙어살

다가 늙고 병들자 버렸던' 것인지도 몰랐다. 이복오빠는 "그때 일은 말하고 싶지 않다. 누이가 사실을 알게 되는 것도 원치 않는다. 상처를 받을 테니까." 하며 입을 다물었다. 진실이 무엇이든 간에 킴의 아버지는 '큰엄마'의 주소지로 전입신고를 한 지 일 년 후에 세상을 떠났다. 말기 암 환자였던 킴의 아버지는 오랫동안 함께 살아온 킴의 엄마가 아니라, 늙은 아내의 간호를 받으며 이 세상을 떠난 것이다.

*

한국으로 떠난 지 육 개월 만에 킴은 벨기에로 다시 돌아왔다. 오베쥬의 옛집으로 돌아온 킴은 홀가분한 표정이었다. "한국에 있는 동안 이곳의 맑은 공기와 자전거 길과 포도밭이 너무나 그리웠어." 우리를 다시 만났을 때 킴이 맨 처음 내뱉은 말이었다. 킴은 집 근처의 사무실에서 다시 비서 일을 시작했다. 이번 계약기간은 이 년이었다. "이 년 후에 다시 한국을 방문하고 싶어. 한국은 내가 생각했던 것보다 훨씬 크고 부유한 나라였어." 한국의 GDP 현황이나 경제 성장률 따위, 우리들은 잘 알고 있었다. "하지만 한국은 아직도 고아를 수출하고 있고, 내 가족은 여전히 가난하게 살고 있어." 킴이 다소 시니컬한 목소리로 덧붙였다.

올 연말, 브뤼셀의 한 식당에서 '제2회 벨기에 한인 입양인회'가 열렸다. 작년에 스물세 명으로 시작된 모임은 일 년 사이에 회원 수가 백여 명에 달했고, 회보 제작과 소모임 역시 활발하게 진행되고 있었다. 다과 테이블 앞에서 긴 이야기를 마친 비서 킴이 우리를 둘러보며 말했다. "누구든 개인 자료를 보내 주기만 하면 친부모 찾는 걸 내가 도와줄 수 있어." 한국을 다녀온 후 킴의 가려움증은 눈에 띄게 호전되었다. 하지만 그녀의 얼굴과 목덜미에는 여전히 붉은 흔적들이 남아 있었다. 킴의 목 언저리에 묽게 퍼진 점들을 유심히 바라보던 누군가가 물었다. "개인 자료를 보내 주기만 하면 돼?" 킴이 대답했다. "물론이지."

"더 나쁜 경우가 될 수도 있었어." 누군가 느닷없이 그렇게 말했을 때 몇몇이 고개를 끄덕였다. 더 나쁜 경우가 될 수도 있었어. 굶어 죽을 수도 있었어. 거지나 창녀가 될 수도 있었어. "Cela aurait été pire." 전 세계로 흩어진 우리가 서로서로를 위로할 때, 혹은 다른 사람들이 우리의 삶을 함부로 추측할 때 자주 하는 말이었다. 그러나 실제 인생에서 또 다른 경우의 수나 확률은 존재하지 않는다는 걸, 우리들은 이미 알고 있었다.

# 글로리아

호수 쪽에서 붉은 바람이 불어왔다. 글로리아는 떡갈나무와 야자수가 늘어선 도로 위를 운전하고 있었다. 흰색 돔 지붕의 타운십 건물을 지나자 길 아래로 호수가 내려다보였다. 창문 너머로 고소한 바비큐 냄새가 맡아졌다. 동네사람들이 저녁식사를 준비하는 시간이었다.

글로리아는 해질 무렵의 드라이브가 가장 좋았다. 붉은 석양이 깔릴 때 원색의 꽃과 열대나무들이 줄지어 선 마을의 도로를 운전하노라면 마치 천국의 풍경 속으로 들어선 것 같았다. 두통과 우울이 잠시나마 사라졌다. 하지만 요즈음엔 그 어느 것도 소용없었다. 오늘로 13일째였다. 지옥과도 같았던 지난 2주일여 동안 그녀는 제대로 밤잠을 잘 수도 음식을 삼킬 수도 없었다.

은색 미츠비시가 흰색 단층 주택 앞에 멈췄다. 집 앞 잔디

밭을 서성이던 은발의 할머니가 자동차를 향해 다가왔다. 글로리아가 운전석에서 내리자 할머니가 그녀의 어깨를 감쌌다. 글로리아는 전단지 한 묶음을 손에 들고 있었다.

"기분은 좀 어떠니?"

글로리아의 얼굴이 창백했다. 부르튼 입술이 겨우 달싹거렸다.

"끔찍해요. 모든 게 너무나 끔찍해요."

지난 13일 동안 글로리아는 이 작은 호수 도시에서 가장 유명한 사람이 되어 버렸다. 아니, 이 도시뿐만 아니라 플로리다 주 전체를 들썩이게 만든 추문의 주인공이 되었다.

"왜 나한테 이런 일이 일어나는 거죠? 왜, 왜?"

그녀가 거실 탁자에 전단지 묶음을 올려놓았다. 전단지 상단에 컬러로 인쇄된 큼지막한 브라이언의 얼굴 사진이 보였다.

당신은 나를 본 적이 있나요?

나이: 2살, 생년월일: 2012년 8월 10일, 성별: 남아,

인종: 아시안, 머리칼: 갈색, 눈동자: 갈색, 키: 2-3피트,

몸무게: 30-40파운드, 연락처: 354-694-2381 또는

800-CALL-FBI.

지금쯤 플로리다 주에서 브라이언이 유괴된 사실을 모르는 사람은 거의 없을 것이다. 그리고 오늘 밤 8시, 녹화된 인터뷰가 TV에 방영되면 이 놀라운 소식은 삽시간에 미국 전역으로 퍼져 나갈 것이다.

할아버지가 거실로 나왔다. 녹색 티셔츠와 베이지색 면바지의 외출복 차림이었다. 푸른 눈의 할아버지가 측은한 눈길로 글로리아를 바라보았다. 할아버지가 손바닥으로 마른세수를 했다.

"오, 글로리아!"

할아버지가 양팔을 벌려 그녀를 껴안았다. 글로리아가 울음을 터트렸다.

"난 잘못한 게 없어요. 아니, 내가 잘못했어요. 아이를 제대로 돌보고 싶었지만 그렇게 하지 못했어요. 하지만 브라이언은 돌아와야 해요. 그 앤 내가 가진 전부예요."

그녀는 방금 자신이 한 말이 오늘 새벽에 일어나서 적어둔 문장이라는 걸 깨닫지 못했다.

지난 2주일간은 악몽의 시간이었다. 사냥에 나선 몰이꾼들이 산짐승을 몰아가듯 거대한 음모의 그물망이 그녀를 막다른 지점으로 몰아가는 것 같았다.

당신들은 뜬소문을 만들어 내고 사실을 왜곡했어요. 어

린 나는 죽도록 일했지만 여전히 조롱과 비난을 받고 있어요. 난 내 감정을 있는 그대로 쏟아낼 수 없고 당신들은 이것을 이해하지 못했어요.

동네사람들은 더 이상 그녀에게 위로와 격려의 말을 하지 않았다. 브라이언이 사라진 직후 위로의 꽃다발과 카드와 홈메이드 케이크를 건네던 사람들의 발길도 뚝 끊겼다. 이웃사람들의 눈초리는 하루가 다르게 변해 갔다. 의심과 경계와 거부감과 혐오가 뒤섞인 눈길이었다. 거리에서 그녀와 마주치면 흠칫 놀라서 고개를 외면하거나 뒷걸음질치는 사람들도 생겼다. 식당에서 글로리아의 얼굴을 알아본 어린 딸의 눈을 재빨리 한 손으로 가리고 딸의 얼굴을 옆으로 돌리는 젊은 엄마도 있었다.

주위 사람들이 만들어내는 기묘한 분위기는 글로리아를 더욱 혼란에 빠트렸다. 어떤 일이 실제로 벌어졌고 어떤 일이 누명인지가 헛갈렸다. 어쩌면 자신이 브라이언에게 해코지했는지도 모른다는 의심마저 들었다. 내부에서 들끓던 억눌린 감정이 폭발하여 자신이 한순간 아이에게 무서운 짓을 저질렀는지도 몰랐다. 아이를 키울 능력도 없으면서 그저 소유하려고만 한다며 비난했던 제이콥과 시어머니가 옳았던 게 아니었을까 여겨지기도 했다. 하지만 아무리 생각해 봐도 결코 그럴 리가 없다는 게 그녀가 매번 내린 결론이었다.

그날 밤, 브라이언의 침대가 비어 있는 걸 확인하고 미친 듯이 집 안팎을 뛰어다니며 아이 이름을 불렀지만 아이는 결국 찾을 수 없었다. 친구들이 911에 전화한 후 신고를 접수받은 직원이 아이 엄마를 바꿔달라고 할 때에도 그녀는 집 앞 도로에서 아이 이름을 소리쳐 부르고 있었다. 당시 녹음된 911 신고 기록에는 전화를 건 친구의 목소리와 바깥에서 황급히 뛰어 들어와 헉헉거리며 상황을 설명하는 글로리아의 목소리가 생생하게 담겼다. 경찰차와 구급차가 도착하고, 집 주변에 노란색 폴리스 라인이 설치되고, 호수 도시에 사는 할머니와 할아버지가 달려오고, 호기심을 참지 못한 이웃들이 글로리아가 세 든 단층 아파트 주변에 하나둘 나타날 때까지도 아이의 행방은 찾을 수 없었다.

사람들은 궁금해했다. 침실에서 연기처럼 사라져 버린 아이. 침대에서 잠을 자던 두 살짜리 남자아이가 어떻게 감쪽같이 사라질 수 있었단 말인가.

맨 처음 경찰이 추정했던 실종시간은 8월 27일 일요일 밤 7시에서 9시 사이였다. 아이 엄마가 거실에서 또래 친구들과 맥주를 마시며 영화를 보던 시각, 누군가 잔디밭으로 향한 침실 창문의 방충망을 찢고 들어와서 아이를 납치해 간 것이라고 했다. 그런데 사건이 일어난 지 채 하루가 지나지 않아 아이 엄마가 사람들의 입방아에 오르내렸다. 경찰서 진술에서 그녀가 실종 전날과 당일 낮 시간의 행적에 대해 입을 다물었다는 소문 때문이었다. 찢긴 방충망의 크기에도 의혹이 제기되었다. 두 살 된 남자아이를 세로 10인치로 찢긴 방충망 사이로 꺼내기란 불가능하다는 거였다. 찢긴 방충망의 크기가 10인치가 아니라 16인치에 가깝다고 글로리아의 할머니가 주장했지만 귀를 기울이는 사람은 별로 없었다. 관할 경찰서에서 글로리아를 유력한 용의자로 지목했고, 각종 수사 정보가 지역 언론으로 흘러가고 있었기 때문이었다. 이 모든 소문의 진원지가 레이크 카운티의 관할 경찰서라는 말이 돌았다. 하지만 경찰 측에서는 어떠한 공식 발표도 내놓지 않고 있었다.

그즈음 사람들이 관심을 보인 건 사라진 아이의 행방이 아니었다. 지난 13일 동안 많은 사람들이 촉각을 곤두세우며 흥미를 보인 건 이제 겨우 스물한 살인 한국계 입양아 출신의 엄마, 글로리아의 행적을 이리저리 추측해 보는 일이었다.

할아버지가 글로리아의 손을 잡고 소파에 앉았다.

"얘야. 넌 할 수 있다. 넌 이겨낼 수 있어."

"죄송해요."

글로리아가 덧붙였다.

"어제 인터뷰를 완전히 망쳐 버렸어요."

"괜찮다. 진실은 결국 밝혀지게 될 거야."

"그들이 날 속였어요. 아이를 찾기 위한 방송이라고 했는데 앵커가 갑자기 사정없이 날 공격했어요. 난 반박조차 제대로 할 수 없었어요. 모든 게 너무 끔찍해요."

할아버지가 글로리아의 어깨를 감쌌다.

"모든 게 괜찮아질 거다."

거실 유리창으로 붉은 노을이 비쳐 들었다. 태양이 마지막 기운을 쥐어짜 대지 위에 검붉은 빛을 흩뿌리고 있었다. 창문 밖 야자수에 그린 헤론이 내려앉았다가 날아갔다. 창밖의 야자수는 '글로리아 나무'라고 불렸다. 글로리아가 고등학교 11학년 때 뉴욕에서 이사 온 것을 기념해서 할아버지가 직접 묘목을 사다 심은 나무였다. 글로리아의 눈동자가 불안하게 허공을 헤맸다. 붉게 충혈된 눈자위가 야자수 너머로 펼쳐진 하늘 어딘가를 이리저리 더듬었다.

외출복 차림의 할머니와 할아버지가 현관 앞에 섰다. 교회의 오후 예배에 참석하러 가는 길이었다. 두 사람이

번갈아가며 글로리아를 포옹했다.

"잠을 좀 자 두렴. 넌 지금 무엇보다도 잠이 필요해."

"TV 방송시간 전까지는 돌아올 수 있을 거야. 사랑한다, 얘야."

두 사람이 떠나자 거실이 정적에 휩싸였다. 휴우, 글로리아가 한숨을 내쉬었다. 할아버지의 서재로 향하던 그녀가 거실 액자틀 앞에서 걸음을 멈췄다. 크고 작은 사진틀이 거실의 한쪽 벽면을 채우고도 모자라 장식장과 콘솔 위에도 세워져 있었다. 글로리아의 눈길이 사진들 사이를 어지럽게 오갔다. 신생아용 배내옷을 입은 브라이언, 첫 번째 생일케이크를 앞에 둔 브라이언, 유아용 미니 풀장에서 오리 장난감을 손에 쥐고 물놀이하는 브라이언, 소꿉놀이용 주전자와 컵을 들고 티파티 하는 브라이언, 그리고 고등학교 졸업식 때 검정 사각모를 쓰고 졸업식 가운을 입은 글로리아의 불룩한 뱃속에 들어 있는 브라이언.

다시 통증이 시작되었다. 두통이 밀려오고 뱃속이 메슥거렸다. 가방 안에 진정제가 들어 있지만 이제는 더 이상 필요 없을 것이었다. 이 순간이 지나면 모든 게 평온해질 것이다. 글로리아의 다리가 휘청거렸다.

죄송해요. 아이를 잘 돌봤어야 했는데 그렇게 하지 못했어요.

거실 북쪽의 서재로 향하며 글로리아가 중얼거렸다.

*

글로리아가 지역 언론의 주목을 받은 건 아이가 실종된 지 사흘째 되는 날이었다. 그날 오전, 레이크 카운티 법원에서 수색영장이 발부되었고, 관할 경찰서 형사들이 글로리아의 단층 아파트 건물로 들이닥쳤다. 형사들은 온 집 안을 들쑤시며 지문과 흔적들을 채취했다. 수건과 낡은 옷에 묻은 얼룩, 오물 묻은 휴지, 화장실 쓰레기통 안의 쓰레기까지 모조리 박스에 담겨 수거되었다. 노란색 폴리스 라인을 젖히고 아파트 안으로 진입하는 형사들의 모습이 지역 방송사의 화면에 잡혔다. 수거된 물품이 마치 증거물이라도 되는 양 기자들이 단호한 표정으로 카메라 앞에 섰다. 단층 아파트를 배경으로 마이크를 든 기자가 화면을 향해 종이 한 장을 흔들었다.

"이것이 바로 경찰 측에서 수거한 열다섯 개의 물품 목록입니다. 정체가 밝혀지지 않은 얼룩과 액체, 희미하게 보이는 휴지의 혈흔 등이 집 안에서 발견되었습니다."

얼룩과 액체와 생리혈이 묻은 휴지는 여느 평범한 가정집에서도 쉽게 찾을 수 있는 종류의 쓰레기라는 걸 기자는 굳이 밝히지 않았다. 이어지는 화면에 'EXCLUSIVE'라는 붉은색 단어가 나타났다. 기자는 글로리아가 저지른 악행을 최초로 공개한다며 과거의 한 사건을 소개했다.

지난 7월, 글로리아는 인터넷을 통해 협박편지를 받았다고 경찰서에 신고했다. 글로리아의 블로그에 자신과 어린 아들을 협박하는 게시물이 등록되었다는 것이었다. '난 당신을 증오해. 당신은 내 인생을 망쳤고 아들을 데려갔어. 모쪼록 조심하는 게 좋을 거야. 내 눈에 띄면 두 사람은 살아남지 못할 수 있어.'

살해 위협이 명백히 드러난 협박편지였다. 경찰서 사이버 수사팀이 즉각 조사에 착수했고, 글로리아는 전 남편인 제이콥을 범인으로 지목했다. 실제로 인터넷 IP를 추적한 결과 게시물의 IP주소가 제이콥의 것으로 밝혀졌다. 카운티 법원은 제이콥에게 두 사람에 대한 접근금지 명령을 내렸다. 협박편지 사건은 그렇게 일단락되는 것처럼 보였다.

"하지만 컴퓨터 전문가가 다시 면밀히 분석한 결과 이 모든 게 조작되었다는 사실이 밝혀졌습니다. 글로리아의 자작극이었던 것입니다. 최근에 양육권 소송에서 승소한 그녀가 제이콥을 영원히 따돌리기 위해 악의적으로 꾸민 짓이었습니다."

이이지는 화면에 훤칠한 키의 백인 청년이 등장했다. 그는 '브라이언을 찾습니다'라는 푸른색 문구가 새겨진 티셔츠를 입고 있었다.

"그녀는 내 IP주소와 비밀번호를 알고 있었습니다. 그래서 내가 한 짓처럼 꾸밀 수 있었습니다. 결국 양육권은 그녀에게 돌아갔고, 나는 부당하게 접근금지 명령을 받았습니다."

"글로리아가 이번 사건에 연루되었다고 생각합니까?"

"글로리아는 실종사건과 무관하다고 믿습니다. 하지만 지금은 모든 사람을 의심하고 모든 사람을 혐의 선상에 두어야 합니다. 글로리아도 예외는 아니겠죠."

"글로리아는 어떤 엄마였습니까?"

"나와 함께 살 때 그녀는 최선을 다했습니다. 우리는 각자 역할을 분담했고 번갈아 가며 아이를 돌봤습니다. 하지만 그녀는 불안정한 사람입니다. 아이를 낳은 후 강박성 인격장애 진단을 받은 적이 있습니다. 감정 기복이 심했고, 자기 말을 듣지 않으면 자해하겠다고 나를 협박했습니다. 실제로 한 번은 자살 시도를 한 적이 있습니다."

기자는 제이콥이 용의자 선상에서 글로리아를 배제하

지 않았다고 인터뷰의 내용을 정리했다. 또한 글로리아의 과거 병력을 강조하며 그녀가 과연 어떤 엄마였는지 많은 사람들이 의혹을 품고 있다고 덧붙였다. 이어서 브라이언의 얼굴 사진과 긴급 구조 연락처가 화면에 나타났다.

그날의 방송은 엄청난 파장을 불러왔다. 지역 신문과 방송, 크고 작은 인터넷 신문들과 블로거들이 벌떼처럼 일어나 글로리아의 일거수일투족을 파헤치고 분석했다. 그녀가 과거에 했던 모든 말과 행동이 의혹과 의심을 샀고 엉뚱한 해석으로 이어졌다. 제이콥과 시어머니, 고교 동창생과 옛 친구들, 예전의 직장동료들, 심지어 맥도날드나 칠리스 레스토랑에서 그녀에게 한 번쯤 거스름돈을 준 적 있는 종업원들까지 모조리 언론 인터뷰의 대상이 되었다.

'아이 엄마, 산탄총 구입. 이틀 후 아이가 사라짐'

'아이 엄마, 실종된 아이 장난감과 사진을 쓰레기봉투에 버림'

'아이 엄마, 아이의 자동차 보조의자 처분하려고 내놓음'

하룻밤 자고 날 때마다 수많은 헤드라인 기사들이 추가되었다. 글로리아가 가끔씩 들렀던 40번 도로의 사격 연습장이 여러 방송에 소개되기도 했다. 사격 연습을 하는 여자의 검은 실루엣이 브라이언의 얼굴과 겹쳐지고, 배경

음으로 탕, 하는 총소리가 들리는 식이었다. 참다못한 글로리아의 할머니가 TV 인터뷰를 자청했다. 실종사건 이후 자신의 집에 머물고 있는 글로리아가 살던 아파트의 짐을 옮기면서 물품들을 정리했고, 오래 사용하지 않은 장난감과 보조의자 등을 처분했다고 설명했다. 아이 물건들을 정리할 때 자신이 옆에서 도와주었다는 말도 덧붙였다. 하지만 할머니의 해명에 관심을 기울이는 사람은 거의 없었다.

글로리아는 되도록 언론과의 접촉을 피했다. 하지만 사건 직후에 했던 여러 인터뷰들이 이미 그녀를 공격하는 수단으로 변해 버린 후였다. 모든 언론이 자신을 목표물 삼아 인간 사냥에 나섰다는 생각이 들었다. 무엇보다도 주변 사람들의 노골적인 시선과 태도를 견딜 수 없었다. 일이 어쩌다 이렇게 되어 버렸는지 그 이유를 알 수 없었다. 이제는 널리 알려져 버린 과거의 병력 때문이거나, 팔뚝과 발목에 새긴 문신들 때문이거나, 유색인이기 때문이거나, 제이콥의 가슴께에도 미치지 못하는 4피트 9인치의 작은 키 때문이거나, 그것도 아니라면, 오래전, 생후 4개월째에 JFK공항에 도착한 버려진 아기였기 때문이거나 할 것이었다.

관할 경찰서에서 요청한 거짓말탐지기 테스트를 거부

하자고 제안한 사람은 담당 변호사였다. 법적 효력이 있는 출두 명령이 아니라면 되도록 형사나 검찰 당국자들과의 접촉을 피해 보자는 의견이었다. 글로리아는 이미 경찰서의 음성 스트레스 테스트를 통과하지 못한 경험이 있었다. 검사 당일에 심리 상태가 불안할 경우 기계가 또다시 엉뚱한 결과를 내놓을지도 몰랐다. 더욱이 거짓말탐지기 테스트 결과는 법정의 공식 증거물로 채택되지 않는다고 했다.

'아이 엄마, 거짓말탐지기 테스트 거부. 왜?'

'경찰은 왜 그녀를 제1용의자로 지목하지 않는가?'

지역 언론의 대대적인 보도가 쏟아졌다. 이번에야말로 옴짝달싹할 수 없는 증거를 포착했다는 듯한 집중적인 공격이었다. 걷잡을 수 없는 광풍에 휩쓸리듯 여론의 판도가 외곬을 향해 휘몰아쳤다.

담당 변호사는 이제까지와는 전혀 다른 대응 전략이 필요하다고 판단했다. 마침 CNN 계열사의 한 케이블 방송국에서 인터뷰 요청이 들어왔다. 전직 여검사가 진행하는 토크쇼였다. 방송국의 담당 피디가 변호사에게 직접 전화를 걸어 왔다. 수사가 진행 중인 형사 사건을 집중적으로 파헤치고 분석하는 프로그램이지만, 이번 방송의 목표는 무엇보다도 실종된 아이를 찾는 일이라고 피디가 거듭 강조했다. 전국으로 방영되는 방송이니만큼 아이를 찾는 데 도움이 될 것이라고 했다. 망설이던 글로리아는 가까스로 출연을 결정했다. 아이를 찾기 위해서라면 할 수 있는 모든 노력을 해 봐야 하지 않겠느냐는 변호사의 말을 듣고서였다. 그러나 그날의 녹화 인터뷰는 글로리아를 돌이킬 수 없는 절망 속으로 빠뜨렸다.

*

뉴욕에 사는 양부모를 떠나 호수 도시에서 살게 된 건 뜻밖의 행운이었다고 글로리아는 생각해 왔다. 만약 호수 도시의 할머니 집으로 오지 않았다면 그녀는 일찌감치 학교를 때려치우고 가출을 감행했을지도 몰랐다. 고등학교에 입학했던 가을, 글로리아는 자신이 더 이상 '한국에서 온 크리스마스 선물'이 아니라는 사실을 알게 되었다. "그 아이가 음탕한 짓을 할까 두려워요." 교회 예배에서 돌아온 엄마가 거실 소파에서 조용조용한 목소리로 아빠에게 고민을 털어놓고 있었다. 이층 계단에서 내려오던 글로리아는 황급히 몸을 낮추고 무릎을 꿇었다. 아빠가 엄마를 다독이며 위로했다. "교육이 천성을 바꿀 수 있을 거요." 엄마의 근심이 이어졌다. "그 아이가 숨겨 둔 잡지와 파일들을 보셨잖아요. 우린 더 이상 그 아일 감당할 수 없을 거예요." "우린 그분의 뜻을 따르고 결정했소. 우리가 고통받는다면 그것도 그분이 계획하신 일의 일부분일 것이오." "하지만 우린 점점 더 힘들어질 거예요. 견딜 수 없을 거예요."

자신의 존재가 양부모의 가치관과 신앙심을 시험하고 있다는 걸 알게 된 글로리아는 두 사람의 예상에 부응하기로 마음먹었다. 그녀는 음란하게 행동했고, 몸 곳곳에 문신을 새겼고, 퀘일루드와 피코댄을 삼켰고, 수시로 학교를 결석했다. 글로리아로서는 드디어 퍼즐 조각을 꿰맞춘 기분이었다. 아무리 해도 백인이 될 수 없었던 이유. 가족 모임에서 항상 검누런 얼룩처럼 자신만 도드라졌던 이유. 매일 우유를 마셔도 더 이상 키가 자라지 않았던 이유. 허공에 두 발이 떠 있듯 항상 불안했던 이유. 아무리 애를 써도 존재의 이유를 찾지 못했던 이유. 양부모와 더 이상 한 집에서 살 수 없다고 느꼈을 때 플로리다의 할머니가 함께 살자고 제안해 왔다. 열여덟 살이 지나 독립을 원하게 되면 언제든 집을 떠나도 좋다는 말도 덧붙였다. 할머니와 양부모 사이에 모종의 대화가 오간 것 같았다.

플로리다의 호수 도시는 천국의 풍경을 그대로 옮겨 놓은 듯한 장소였다. 조그마한 도시가 크고 작은 호수와 열대공원들로 둘러싸여 있고, 달리아, 글라디올러스, 아이리스 같은 원색의 꽃들이 지천에 피어 있었다. 이리저리 둘러봐도 높은 빌딩을 찾아볼 수 없었다. 도심지 번화가라고 해 봐야 시청을 중심으로 은행과 극장과 식당과 옷가게 등의 단층건물이 200야드 남짓 이어질 뿐이었다. 주로 백인들이 모여 사는 동네였다. 조용하고 평화로운 동네였다.

스프링필드 고등학교에서 제이콥과 글로리아는 존과 포카혼타스 커플로 불렸다. 11학년 중간고사가 끝날 무렵, 제이콥은 새로 전학 온 포카혼타스의 매력에 푹 빠졌다. 그녀는 확실히 다른 백인 여자 친구들과는 달랐다. 새까만 머리, 작고 날렵한 몸매, 깜짝 놀랄 만큼 작은 키. 글로리아의 이국적인 용모는 어딜 가나 사람들의 눈길을 끌었다. 길을 걷다가 누구라도 한번쯤 뒤돌아봤다. 제이콥으로서는 기분이 나쁘지 않았다. 중고차 안에서 그녀와 사랑을 나눌 땐 낯설고 매혹적인 오지를 탐험하는 듯한 기분이 들었다.

하지만 두 사람의 연애는 곧바로 아슬아슬한 줄타기 곡예로 변했다. 스프링필드 고등학교의 미식축구 결선 경기가 있던 날 밤, 동네사람들은 존과 포카혼타스의 위태로운 관계를 처음으로 목격하게 되었다.

마을 사람들이 경기장으로 모여든 11월의 금요일 밤이

었다. 경기장 입구에 대형 모닥불이 점화되고 치어리더들의 경쾌한 율동이 시작되었다. 얼굴에 페인트칠을 하거나 가발을 뒤집어쓴 중고등학생들과 기기묘묘한 복장을 한 젊은이들이 경기장 이곳저곳을 누비고 다녔다. 풍선을 손에 쥔 아이들, 서로의 허리를 껴안은 연인들, 어깨와 무릎에 간이담요를 덮고 관중석에 앉은 노인들, 잔디밭에 접이용 의자를 펼치고 자리를 잡은 사람들로 경기장 안팎이 북적거렸다.

그날 밤, 글로리아는 사람들 사이를 헤집고 미친 듯이 제이콥을 찾아다녔다. 경기가 시작되기 직전 갑자기 관중석에서 사라진 제이콥이 전반 2쿼터에서 터치다운이 터질 때까지 돌아오지 않았기 때문이었다. 글로리아는 미칠 것 같았다. 넌 끝내 줘. 환상적이야. 그 순간 제이콥이 다른 계집아이의 귓가에 밀어를 속삭이고 있을 것만 같았다. 마침내 야외주차장에서 제이콥을 찾아냈을 때 글로리아는 그대로 땅바닥에 주저앉아 자신의 머리를 쿵쿵 찧었다. 그녀의 짓이겨진 이마에서 피가 흘러내렸다. 깜짝 놀란 제이콥이 글로리아를 등 뒤에서 껴안았고 주변 사람들이 뛰어왔다. 하지만 경기장에 대기 중이던 무장 경관이 달려올 때까지 글로리아의 자해소동은 멈춰지지 않았다.

글로리아는 제이콥의 모든 것을 사랑하고 질투했다. 실

비아 호수의 붉은 낙조, 와일드우드 공원의 맹그로브 나무, 칠리스의 스테이크, 브리트니 스피어스와 보이스 투 맨, 밥 말리 티셔츠와 은도금 체인 목걸이 등등 제이콥의 눈길이 머무는 모든 사물과 사람이 그녀의 질투 대상이 되었다. 글로리아는 자주 분노를 터트렸다. 그런 후에는 어김없이 무릎을 꿇고 사과했다. 용서해 줘. 날 버리지 말아 줘. 제이콥이 보기에 글로리아는 망상에 사로잡힌 사람이었다. 섬뜩할 정도로 한 가지 일에만 집착했다. 재수 없게도 지금은 그 집착의 대상이 자신이 되어 버렸다고 생각했다. 두 사람은 싸우고 화해하고, 다시 싸우고 화해하기를 반복했다.

브라이언이 태어난 후 본격적인 싸움이 시작되었다. 결혼한 지 얼마 지나지 않아 이혼한 두 사람이 브라이언의 양육권을 두고 소송을 시작했기 때문이었다. 카운티 법원은 결국 글로리아의 손을 들어줬다. 글로리아가 시간제로 일하며 정기적인 수입원을 마련했고, 아동가족국이 요구한 케이스 플랜을 성실하게 완성했으며, 법원이 명령한 심리진단 역시 무사히 통과했기 때문이었다. 글로리아에게 양육권이, 제이콥에게는 방문권이 주어졌다.

하지만 판결이 난 후에도 글로리아는 경계심을 늦출 수 없었다. 시어머니의 사주를 받은 제이콥이 아이를 빼앗기 위해 호시탐탐 기회를 노리고 있다고 믿었기 때문이었다. 두려움에 사로잡혀 아이를 며칠 동안 벽장 속에 숨겨 둔 적도 있었다. 제이콥의 신고 전화도 계속되고 있었다.

맨 처음 아동학대 신고가 접수된 건 지난 해 4월이었다. 그날 카운티의 아동학대 핫라인 전화기가 울렸고, 아동가족국은 즉시 조사관들을 현장에 파견했다. 신고자는 제이콥, 고발당한 사람은 글로리아였다. 그리고 8개월 된 브라이언이 두 사람과 함께 있었다. 제이콥은 글로리아가 그녀의 팔을 자해한 후 아이까지 해치겠다고 위협했다고 신고했다. 하지만 조사관들이 두 사람의 아파트에 도착했을 때 아이는 곤히 잠들어 있었고, 아동학대를 입증하는 어떠한 증거물도 찾을 수 없었다. 결국 아이를 사이에 두고 힘겨루기를 하는 커플의 싸움으로 파악된 후 보고서가 작성되었다.

이후에도 비슷한 사건이 반복되었다. 제이콥의 신고 전화, 조사관들의 도착, 보고서 작성으로 마무리. 하지만 지난해 10월 31일, 아동가족국 조사관들은 매우 이례적인 결정을 내렸다. 신고 현장에서 글로리아로부터 즉시 아이를 격리시키고 이틀 후엔 그녀를 가정법원의 판사 앞에 세운 것이다. 제이콥의 신고 내용은 이랬다. 자동차 안에서 말다툼하던 도중에 글로리아가 제이콥의 팔을 손톱으로 할퀸 후 그녀의 말을 듣지 않으면 브라이언을 죽여 버리겠다고 위협했다는 것이었다. 그녀가 실제로 커터칼을 꺼내 아이의 다리를 향해 겨누었다는 게 제이콥의 주장이었다. 현장에 도착한 조사관들은 제이콥의 팔에서 긁힌 손톱자국을 확인했다. 하지만 커터칼은 어디에서도 찾을 수 없었다. 카운티의 담당 판사는 결국 사건을 기각했다. 아이까지 이용해서 격렬하고 치기어린 사랑싸움을 하는 젊은 커플이라고 판단했기 때문이었다.

*

아이는 내 인생의 빛입니다. 아이는 이 세상에서 내가 가진 유일한 나의 것입니다. 나와 브라이언은 결코 서로를 버리지 않을 겁니다. 아이 아빠는 높은 지위에 있는 사람들을 가족과 친구들로 뒀습니다. 그래서 법적으로나 정서적으로 내게 올가미를 씌울 수 있었습니다. 하지만 난 브라이언을 지키기 위해 끝까지 싸웠습니다. 오늘 법원의 판결이 있었습니다. 내가 승리했습니다. 난 이제부터 플로리다 주 중산층 시민이 되기 위해 최선을 다할 겁니다. 아들에게 안식처를 만들어 주고 아이가 원하는 걸 갖게 해 줄 겁니다. 책임감이 무거워요.

*

여성앵커가 TV 화면에 나타났다. 그녀가 실종사건의 내막을 간략히 소개했다. "오늘 밤 우리는 두 살 된 브라이언을 찾습니다. 그리고 사건 뒤에 숨은 단서를 찾아 분석합니다." 이어지는 화면에 범죄전문 기자, 범죄수사 분석가, 사설탐정이 차례로 소개되었다. 방충망에 대해 언급한 건 사설탐정이었다. "내가 이해할 수 없는 건, 밤 7시에서 9시 사이에 어른 셋이 거실에서 영화를 보고 있었다는 겁니다, 맞지요? 아이가 낯선 사람을 보았습니다. 아마도 두 살짜리 아이는 비명을 질렀겠지요. 맞지요? 내가 보기에 이 방충망 건은 앞뒤가 맞질 않습니다." 앵커가 그의 말에 맞장구쳤다. "네, 무슨 말씀인지 잘 압니다. 이런 사건은 앞뒤가 맞지 않는 일투성이지요." 앵커가 화면을 똑바로 응시하며 화제를 돌렸다. "자, 오늘 밤 우리는 특별한 손님 두 분을 모셨습니다. 실종된 브라이언의 아버지와 어머니가 각각 전화로 연결됩니다." 앵커가 화상으로 연결된 제이콥에게 질문했다. "제이콥, 브라이언을 마지막으로 만난 게 언제죠?" "6월 말경입니다." "아이는 보통 언제 만나나요?" "격주 주말, 그리고 매주 수요일에 만나기로 되어 있습니다." 앵커의 눈이 반짝였다. "아이가 낯선 사람을 보면 우는 편인가요?" "물론입니다." "깊이 잠들었을 수도 있었을 텐데요." "그럴 리 없습니다. 잠을 깊게 자는 아이가 아닙니다, 항상 선잠을 자고 잠에서 쉽게 깹니다. 만약 누군가 아이를 안으면 아이는 자동으로 발딱 일어납니다." "흥미롭군요." 앵커가 다른 화면에 화상으로 연결한 글로리아를 향해 질문했다. "잠들기 전에 아이가 졸려 했나요? 아니면 잠자리에 들기 싫어했나요?" "그날 아이는 엄청 피곤했어요. 그리고 그 앤 항상 잠을 푹 잡니다. 잠든 아이를 안고 이 방 저 방으로 옮겨도 모를 거예요. 무엇보다도 그 앤 낯을 가리질 않아요. 낯선 사람들과 쉽게 친해집니다. 내 말은, 그러니까… 예를 들어… 만약 아이가 모르는 사람을 만났더라도 함께 놀고 울지도 않았을 거라는 겁니다." "방충망이 찢긴 건 언제 알았나요?" "아이가 사라진 사실을 안 직후 복도로 뛰쳐나와 제 침실을 살펴보았습니다… 다시 아이 방에 돌아왔을 때 창문턱에 올려 둔 사진들이 바닥에 떨어져 있는 걸 발견했어요. 그러니까, 그게… 커튼이나 뭐 다른 것들은 다 그대로 있었어요." "아이를 침대에 눕혔고, 창문은 침대에서 약 3인치 정도 떨어져 있다고 했죠? 아이가 사라진 걸 알았을 때 창문이 어떤 상태였는지 말해 줄 수 있나요?" "오! … 그러니까, 그게… 그걸… 형사들이 쟀어요. 10인치 길이로 잘려 있다고 했어요. 하지만 방충망은 딱딱한 재질이 아닙니다. 만지거나 할 때 상처를 입힐 정도가 아니에요. 아주 부드러워요. 그러니까… 내 말은… 당신도 알다시피… 아이는 괜찮았을 거란 거예요. 다칠 만한 게 아닙니다." 앵커가 눈썹을 위로 치켰다. "그들이, 그러니까 아이를 밖으로 꺼내기 위해 방충망을 떼어 냈나요?" "아니, 아니, 그게 아니에요. 모두들 왜 이걸 붙잡고 늘어지는지 모르겠어요. 방충망은 창문에 그대로 달려 있었고, 가로 세로로 찢겨 있었어요. 잃어버린 물건은 없었어요." 앵커의 목소리가 높아졌다. "10인치라고 했나요?" "네, 경찰이 치수를 재고 그렇다고 했어요." "좋아요. 그럼 당신 생각에 납치범이 창문의 방충망은 그대로 둔 채 찢긴 틈 사이로 방으로 들어왔다가 나갔다는 건가요?" "방충망은 그대로 붙어 있었어요. 경찰과 함께 이걸 수백 번도 넘게 생각해 봤어요." 앵커가 범죄전문 기자를 전화로 연결했다. 두 사람은 사건 당일 낮에 글로리아를 목격한 사람이 아무도 없다는 사실을 언급했다. 글로리아는 온종일 아이와 함께 있었다고 주장했지만 두 사람을 본 목격자는 나타나지 않았다. "글로리아. 당신은 거짓말탐지기 테스트에 응했나요?" "수사관들과 얘기했어요. 제이콥은 처음부터 용의자 선상에서 벗어났죠. 거짓말탐지기 테스트, 스트레스 테스트, 수사나 인터뷰… 나도 최대한 협조했어요.” “그러니까, 당신은 거짓말탐지기 테스트에 응했나요?” “지역 경찰도 경험이 충분하죠, FBI도 그걸 시작했고… 하지만 난 그들과만 이야기하라고 조언받았어요…” 앵커의 목소리가 더욱 높아졌다. “당신은 거짓말탐지기 테스트에 응했나요?” “그러니까… 난 뭐든 협조했어요.” “글로리아, 우리가 조사한 바에 의하면 경찰이 거짓말탐지기 테스트에 응할 것을 요청했고 당신은 그걸 거절했어요.” “난… 그러니까… ” “무죄를 밝힐 수 있는 가장 좋은 방법 중 하나가 거짓말탐지기 테스트를 통과하는 거죠. 그런데 당신을 그걸 거부했어요. 왜죠?” 딱딱딱. 앵커가 가운데 손가락으로 탁자를 세 번 쳤다. “거짓말탐지기 테스트를 거부한 이유를 당장 우리에게 밝히세요.” “그렇게 하라는 말을 들었기 때문이에요.” 글로리아가 울먹이며 대답했다. 앵커가 다시 질문했다. “글로리아, 그날 당신은 어디에 있었죠?” “우린 드라이브를 했어요. 편의점에도 갔어요. 자동차에 주유했어요. 난 그런 건 항상 미리 준비해요.” “그래서 그날 당신은 어디에 있었죠?” “레이크 카운티, 오렌지 카운티, 이곳저곳…” “뭘 했죠?” “그냥 쇼핑했어요. 운전하면서 이곳저곳…” “어디에서요?” “특별한 곳에 가지는 않았어요.” “글로리아, 자 쇼핑을 했다면 상점에 들어갔을 겁니다. 사건이 일어난 그 일요일에 어떤 상점에 갔죠?" "카운티 이곳저곳…" 앵커의 목소리가 더욱 커졌다. 그녀가 두 눈을 부릅떴다. "상점 이름을 대세요! 누군가 상점에서 당신을 보았을 겁니다. 어떤 상점에 갔었나요? 월마트? 제이시 페니?" 글로리아의 목소리가 잠겨들었다. 그녀의 목소리가 거의 들리지 않았다. "자세히 말하고 싶지 않아요." 앵커가 소리쳤다. "왜죠?" "난 언론에 잘 대응하지 못해요." "자, 글로리아, 그날 어디에 갔었는지 기억할 수 있나요?" "그날 간 곳을 모두 기억해요. FBI와도 이야기했어요. 그런데 이게 잘 전달되지 않았어요." 앵커가 다시 소리쳤다. "아이가 실종되기 전날과 당일, 그러니까 8월 26일 오후 4시부터 8월 27일 오후 7시까지 당신은 자신의 행적을 밝히지 못하고 있어요. 당신이 어디에 있었는지 왜 즉시 답변을 하지 못하죠? 마지막까지 아이와 함께 있었던 사람은 바로 당신 아닌가요?" 딱딱딱. 앵커가 다시 가운데 손가락으로 탁자를 세 번 두드렸다. 실종된 아이와 마지막까지 함께 있었던 사람이 범인일 확률이 높다는 건 누구나 알고 있는 상식이었다. 그러니까 앵커는, 당신이 바로 범인이 아니냐고 묻고 있었다. 엉망진창인 상태로 인터뷰가 끝났다. 글로리아는 말을 더듬었고, 대답을 회피했고, 논리적으로 앞뒤가 맞지 않는 답변을 늘어놓았다. 눈물이 끊임없이 흘렀다. 인터뷰는 곧 TV

를 통해 전국으로 방송될 것이었다.

*

새벽에 그 아이디어가 떠오르지 않았다면 글로리아는 길고 긴 하루를 버틸 수 없었을 것이다. 반짝, 머릿속에 전등불이 켜지듯 그 생각이 떠올랐다. 이제야말로 끔찍한 고통과 괴로움에서 벗어날 수 있겠다는 생각이 들었다.

내가 이래야만 하는 걸 이해해 주세요. 이것만이 더 행복해지는 길이기 때문입니다.

이른 새벽에 그녀는 책상 앞에 앉아 편지를 썼다. 모두 세 통이었다. 할머니와 할아버지, 엄마와 아빠, 그리고 마지막 한 통은 '대중에게' 쓴 글이었다.

당신들은 뜬소문을 만들어 내고 사실을 왜곡했어요. 어린 나는 죽도록 일했지만 여전히 조롱과 비난을 받고 있어요.

할아버지 서재의 장식장 열쇠는 책상 서랍에서 찾을 수 있었다. 열쇠 묶음은 책상 서랍 맨 위 칸에 얌전히 놓여 있었다. 글로리아는 장식장의 유리문을 열고 총신이 긴 산탄총을 꺼냈다. 한 손으로 총을 들고 서재 구석의 벽장으로 들어가 문을 닫았다. 이윽고 그녀는 총부리를 턱에 겨누고 상체를 구부렸다.

*

글로리아의 시신을 맨 처음 발견한 사람은 할아버지였다. 저녁 예배에서 돌아와 핏물이 흐르는 서재로 들어선 할아버지는 평생 잊지 못할 끔찍한 장면을 목격했다. 구급대원들과 경찰들이 시신을 수습하는 동안 할아버지와 할머니는 거실 구석에서 담요를 뒤집어쓴 채 넋을 잃고 앉아 있었다. 할아버지가 창밖으로 고개를 돌렸다. 야자수에 눈길이 머물렀다. 야자수 너머로 집 앞 도로에 주차된 경찰차와 구급차의 경광등과 헤드라이트 불빛들이 보였다.

거실에 모여 있던 사람들이 갑자기 동작을 멈췄다. 소란하던 거실이 일순 조용해졌다. 누군가 켜둔 TV 화면에 여성 앵커의 모습이 나타났기 때문이었다. "오늘 밤 우리는 두 살 된 브라이언을 찾습니다. 그리고 사건 뒤에 숨은 단서를 찾아 분석합니다." 글로리아의 자살 소식은 곧바로 방송국에 알려졌지만, 미리 녹화된 토크쇼는 예정대로 저녁 8시 정각에 미국 전역으로 방송되었다.

일주일 후 스프링필드 교회에서 글로리아의 장례식이 치러졌다. 유서에 적힌 대로 시신은 화장되어 교회 부속의 공동묘지에 묻혔다. 이상한 장례식이었다. 고인을 애도하는 사람들보다 경찰과 취재기자와 카메라맨들이 더 많이 모여들었다.

며칠 후 레이크 카운티의 스프링필드 경찰서장은 유괴사건의 중간수사 결과를 발표했다. 그는 사망한 글로리아가 제1용의자라고 공식적으로 선언했다. 글로리아를 인터뷰했던 토크쇼의 앵커는 글로리아가 죄책감 때문에 자살한 것 같다고 공식 입장을 밝혔다. 하지만 글로리아의 할머니와 할아버지는 거듭 그녀의 무죄를 주장했다. 글로리아에게 아이는 '인생의 빛'이었고, 이 세상 그 누구보다도 그녀는 아이를 진심으로 아끼고 사랑했다고 증언했다.

진실이 무엇인지는 끝내 밝혀지지 않았다. 브라이언 실종사건은 여전히 미궁 속에 빠져 있다.*

* 이 소설은 지난 2006년 미 플로리다 주에서 발생한 트랜튼 더켓의 실종사건과 이에 뒤이은 한국계 엄마 멜린다 더켓의 자살 사건을 모티브 삼아 창작되었음을 밝힙니다. 삼가 고인의 명복을 빕니다.

# 해변의 여인

창밖이 어슴푸레 밝아온다. 평소처럼 일찍 눈을 뜬 그녀가 오늘은 웬일인지 이불 속에 그대로 누워 있다. 그녀가 끙 소리를 내며 옆으로 눕는다. 방 안 공기가 차다. 스티로폼으로 쪽창을 막고 방문은 담요로 둘러쳤건만 사방에서 웃풍이 솔솔 들이친다. 이윽고 그녀가 윗몸을 일으켜 주섬주섬 옷을 챙긴다.

내복 위에 기모 바지를 입고 허리끈을 조인다. 스웨터를 걸치고 허리에 전대를 두른 후 검정색 파카를 걸친다. 마당으로 나와 좁고 길쭉한 화단을 지나 옥외 화장실로 향한다. 쪼그려 앉아 볼일을 보는데 화장실 문짝이 덜컹댄다. 아래쪽에서 구린내가 풍겨 온다. 하지만 똥오줌 냄새쯤이야 무신경해진 지 오래다. 오물 냄새가 심하다 싶을 땐 가루 소독약을 뿌리고 나프탈렌을 문고리에 걸어 둔

다. 정작 힘든 건 쪼그려 앉아야 하는 자세였다. 무릎 관절염 때문에 어느 땐 아침 볼일이 무섭기조차 했다. 하지만 수세식 화장실 공사를 하려면 외풍 심한 방들도 재래식 부엌도 모조리 손보아야 한다. 아예 집 전체를 뜯어고쳐야 하는 것이다.

가스 불에 물을 팔팔 끓여 밥그릇에 붓는다. 김치를 곁들여 밥 한 공기를 뚝딱 해치우고 점심 도시락을 싼다. 김치와 젓갈과 시금치나물을 담는다. '그놈 참 파릇하구나.' 시금치를 쳐다본 후 다시 가스 불을 켜고 달걀 프라이를 한다. 도시락 위에 달걀 프라이를 얹고 뚜껑을 닫는다. 그런 후에 부엌 구석에 놓인 수레를 끌어당긴다. 분말 커피, 프리마, 설탕, 유자차, 종이컵 등이 제자리에 있는지 한눈으로 훑는다.

커피 수레를 끌고 대문을 나와 해변으로 향하는 내리막길을 걷는다. 집에서 해변까지는 지척이다. 직선거리가 약 200미터쯤 될 것이다. 하지만 2차선 도로에서는 그녀의 집이 보이지 않는다. 수제 햄버거 가게와 중국 음식점 뒤편으로 비좁은 골목이 나 있고, 그 안쪽으로 슬레이트 지붕의 낡고 허름한 집들이 다닥다닥 붙어 있는 걸 아는 외지인은 아마도 없을 것이다.

내리막길이 끝나자 옛 포구 자리가 나타난다. 이른 아

침부터 장사치들이 고무대야를 펼쳐 놓고 싱싱한 해산물을 손질하고 있다. 오른쪽으로 꺾어 해수욕장으로 향한다. 넓게 펼쳐진 백사장 위로 흰 갈매기 떼가 날고 검푸른 파도가 철썩인다. 탈탈탈. 커피 수레를 끌며 해변산책로로 접어든다. 해변의 하루가 시작되고 있다.

산책로 입구에 건축공사가 한창이다. 가림막 너머로 커다란 포클레인과 기중기, 철근 골조의 콘크리트 구조물들이 보인다. 백사장 코앞에 세워질 저 초고층 건물은 머잖아 이 바닷가의 랜드 마크가 될 것이다. 홍보관이 가까워지자 웅장한 클래식 선율이 들린다. 초고층 건물을 홍보하는 유명 탤런트 부부가 대형 스크린에 등장한다. 흰색 요트의 갑판 위에서 부부가 바다를 배경으로 멋진 포즈를 취하고 있다.

'서른세 걸음이면 만날 수 있는 바다.'

'이제 365일 휴가처럼 사는 삶이 펼쳐집니다.'

여자 탤런트의 흰색 플레어스커트가 바닷바람에 휘날리고 있다. 중년인데도 여전히 날씬하고 앳되어 보이는 여자가 은은하게 미소 짓고 있다.

수레를 끌며 그녀가 카페와 음식점과 호텔 앞을 느릿느릿 지나간다. 잠시 후 호텔과 호텔 사이로 난 이면도로로 접어든다. 간이 샤워기부스와 코인 교환기를 지나 이면도로 중간쯤에서 걸음을 멈춘다.

그녀가 수레 안에서 울긋불긋한 꽃무늬 파라솔을 꺼낸다. 찬바람이 불어오는 방향으로 꽃무늬 파라솔을 펼친 후 가로수 둥치에 눕히고 노끈으로 동여맨다. 호텔과 호텔 사이의 이면도로에는 햇볕이 들지 않는다. 우뚝 솟은 두 개의 봉우리 사이에 낀 산골짜기처럼 온종일 짙은 그늘이 깔려 있다. 매서운 바닷바람이 도로 위로 막힘없이 통과하는 탓에 기온도 주변보다 더 내려간다. 찬바람이 휘몰아치는 도로에서 바람막이가 되는 건 그녀가 가로수 둥치에 묶어 둔 커다란 파라솔뿐이다.

"커피 한 잔 주소."

길가에 택시를 세워 두고 담배를 피우던 장 씨가 그녀를 반긴다. 오늘의 첫 손님이다.

"쪼매, 기다려요."

그녀의 손놀림이 빨라진다. 수레 안에서 커피, 프리마, 설탕, 종이컵, 보온병, 플라스틱 의자 등을 꺼낸다. 양은 주전자에 물병의 물을 쏟아붓고 수레 안에 장착된 가스불을 켠다. 손님용 둥근 플라스틱 의자 하나를 수레 옆에 놓아 두고, 다른 하나는 끌어당겨 엉덩이를 걸친다. 곧이어 주전자의 물이 팔팔 끓는다.

"자셔 보이소. 싱거우면 커피 더 타 드릴게."

숟가락으로 종이컵을 휘휘 저으며 그녀가 말한다. 장 씨가 묻는다.

"외국 사는 딸내미 오늘 온다 캤나? 네덜란드인가, 스위스인가에 산다는 딸?"

장 씨로서는 모처럼 새로운 화제를 입에 담는 것이다.

"기억력도 좋아. 남의 딸 오는 날짜도 안 이자뿔고."

"부자여?"

"부자긴… 그래도 그쪽 나라는 복지시설이 잘 되어 있다 하데."

"누군, 조오켔다."

자세한 내막을 알지 못하는 장 씨는 진심으로 그녀가 부럽다는 표정이다. 왜 안 그렇겠는가. 장 씨가 보기엔 어느 날 갑자기 성인인 된 딸이 그녀 앞에 불쑥 나타난 것이고, 심지어 그 딸이 부유한 나라에서 잘 자란 돈 많은 여자인 것이다. 그녀는 장 씨의 추측에 더 이상 대꾸하지 않기로 한다.

장 씨가 500원짜리 동전 한 개를 건넨다. 오늘의 마수걸이다. 퉤퉤. 그녀가 동전에 침을 뱉은 후 전대의 지퍼를 열고 안에 넣는다.

장 씨가 은근한 목소리로 "우리 쪽 재개발, 아직 소문 없소?"라고 묻는다. 요즘 장 씨의 관심사는 온통 재개발에 관한 소식뿐이다. 틈만 나면 자기 동네 재개발 소문이 아직 돌지 않는지 묻는다. 장 씨는 구(區) 입구의 낡은 주택 단지에서 살고 있다. 바닷가와는 제법 떨어져 있지만 구 전체의 집값이 들썩이고 있고, 집 근처에 제법 넓은 면적의 녹지대가 있는 까닭에 전망 좋은 그곳에도 혹시 재개발 광풍이 불어 닥치지 않을까 노심초사 기다리고 있는 중이다.

장 씨를 비롯한 단골 기사들은 그녀와 나이가 얼추 비슷하다. 그들은 하루에도 몇 차례씩 일부러 들러 커피를 팔아 준다. 그래서 1000원 하는 커피 값을 그들에게는 절반만 받는다. 간혹 누군가 "할매요, 돈 100원이라도 올리이소."라고 말할 때도 있지만 그녀는 지난 십 년간 단골들에게 커피 값을 인상한 적이 없다. 아침저녁으로 얼굴 보는 무람없는 사이라고는 하지만 돈벌이에 관한 한 택시 기사들이 누구보다도 '짭다'는 걸 그녀는 잘 안다. 만약 100원을 인상하면 하루 두 번만 마셔도 1200원이 된다. 혼자서 한 번 마실 땐 괜찮지만 두세 번 마시거나, 어쩌다 동료 것까지 함께 계산이라도 할라치면 1000원이 훌쩍 넘어간다. 아무래도 가격이 부담되는 것이다.

장 씨가 택시 트렁크에서 김 상자를 가져온다. 저 멀리 전라도 해남에서 가져온 돌김이라고 한다. 장 씨가 수레 옆에 김 상자 세 개를 주르륵 늘어놓는다. 그때 호텔 주차장과 맞닿은 나무 울타리에서 스피커가 윙윙댄다. 호텔 프런트에서 택시 기사를 호출하는 신호이다. 장 씨가 재빨리 택시 운전석 문을 연다.

"잘 좀 팔아 주소. 한 톳에 만오천 원이요."

장 씨가 운전석 창문 너머로 소리친 후 택시를 몰고 떠난다. 장 씨의 택시가 도로를 벗어나자 그녀가 김 상자를 수레 안쪽으로 슬그머니 옮긴다. 이렇게 두면 행인들에게 김 상자가 보이지 않을 테지만 어쩔 수 없다. 그늘지고 인적이 드문 이면도로라고는 하지만 직선으로 100미터만 걸어가면 유명 관광지인 해수욕장이다. 정식 허가도 받지 않고 장사하는 셈인데 다른 이의 물건까지 길거리에 어수선하게 늘어놓고 팔 수는 없다. 되도록이면 수레 주변을 말끔히 정돈해야 하는 것이다.

수레 안쪽의 가스 불을 켜고 언 발을 녹인다. 관절염이 심한 왼쪽 무릎을 쭉 펴서 불 가까이에 댄다. 도로 위로 찬바람이 휭휭 몰아친다. 이른 아침 시간이라 사방이 조용하다.

눈앞에 그 아이의 얼굴이 떠오른다. 작년에 처음 만난, 죽은 남편의 딸. 이름이 혜자라고 했다. 둥근 눈썹이며 오뚝한 콧날이 젊었을 적 그 여자의 모습을 쏙 빼닮았다. 하지만 말본새며 행동거지는 그 여자를 닮지 않고 예뻤다. 그 아이 엄마라면 그런 말은 입 밖에 꺼내 볼 생각조차 하지 못했을 것이다. 그런데 그 아이는, 외국에서 쭉 살았으면서도, 어찌 그런 어여쁜 말을 할 줄 아는지, 작년에 찾아와서는 오랜 세월 동안 그 누구도 하지 않았던 말을 그녀에게 하고는 돌아갔다. 작년에 아이를 만난 후에야 그녀는 오랫동안 가슴속에 박혀 있던 응어리가 흐물흐물 녹아내리는 걸 느꼈다. 세월이 흐르는 동안 구멍이 숭숭 뚫리고 바람이 들락거리는 했지만 항상 명치끝에 맺혀 있던 돌덩이가 잠시나마 가뭇없이 사라지는 것 같았다. 그녀는 생각했다. '애는 아무 잘못이 없다.' 모든 게 어른들 못나서 벌어진 일이지 굳이 그 아이까지 미워할 이유가 없었다는 게 그녀가 내린 결론이었다.

그런데 아이의 갑작스런 출현은 그동안 잊고 살던 기억을 모조리 일깨웠고, 그녀는 그 사실이 괴로웠다. 고약한 영감쟁이. 죽기 전에 십 원짜리 하나 없이 빈 몸뚱이로 집으로 돌아와 병수발을 들게 한 영감쟁이. 작년에 그 아이가 다녀간 후 그녀는 시도 때도 없이 되살아나는 죽은 남편을 향한 노여움에 시달려야 했다.

남편이 그 여자를 만나기 시작했을 때 그녀는 막 셋째를 출산한 후였다. 큰아들은 초등학교에 갓 입학했고,

두 살 터울의 둘째는 천둥벌거숭이로 뛰놀던 시절이었다. 그녀는 갓난아기를 업고 하루 종일 점방을 지켰다. 남편은 이른 아침부터 종적을 감추기 일쑤였다. 어느 땐 말없이 사라졌다가 며칠 만에 홀쭉해진 몰골로 집으로 돌아오기도 했다. 남편이 옆 골목 이발소의 면도사 아가씨와 바람이 났다는 사실은 온 동네가 아는 비밀이었다. 아무리, 아무리, 뜯어말려도 소용없었다. 울면서 매달리고, 연탄불 피워 놓고 다 같이 죽어 버리자고 협박하고, 시부모 동원해서 어르고 달래도, 끝내 남편의 마음을 되돌릴 수 없었다.

그런데 지난 세월 동안 그녀가 정작 이해할 수 없었던 건, 남편이 아니라 그 여자였다. 도대체 젊은 처녀가 무엇 때문에 아이 셋 딸린 유부남을 따라 산단 말인가. 자동차 부품을 파는 남편의 점방이 여자가 일하는 이발소 근처에 있었으니, 그가 부자가 아니란 사실은 그 여자도 알고 있을 터였다. 지금이야 다 지난 얘기고, 땅속 영감쟁이도 이미 썩어 문드러졌겠지만, 그녀는 지난 세월 동안 이따금씩 그것이 궁금했다. '지 고생하고, 나 고생하고. 도대체 왜? 무엇 때문에?'

안전모를 손에 쥔 인부 둘이 수레 앞에서 걸음을 멈춘다.

"커피 두 잔 주이소. 얼맙니꺼?"

"2000원요."

"할매, 설탕 넣지 말고."

"커피만 드릴까예? 블랙으로?"

"네."

옆 남자가 말한다.

"하나는 프림 넣지 말고예."

"네에."

그녀가 숟가락으로 종이컵을 휘저은 후 남자들에게 건넨다.

"자셔 보이소. 싱거우면 커피 더 타 드릴게."

두 남자가 커피를 홀짝이며 대화를 이어간다. "사람이 독해서 그렇지." "그래." "그래도 일은… 독하게 해야 안 되겠나?" "그래도 그게 뭐야, 여자가, 살벌하게."

그녀가 묻는다.

"와요? 먼 일 있능교?"

블랙커피 남자가 인상을 찌푸린다.

"타워크레인에 올라가 생난리 났다 아니요, 함바집 주인 여자가."

"언제예?"

"방금요, 오늘 아침."

지난해부터 초고층 건물의 인허가를 둘러싸고 뉴스가

쏟아지고 있다는 건 그녀도 알고 있었다. 인허가를 대가로 뇌물을 받은 혐의로 전직 구청장과 시장이 구속되고, 현 시장의 측근도 체포되었으니 머잖아 현직 시장도 수사를 받게 될지 모른다는 소문이 파다하게 번졌다. 하지만 수사 상황이야 어찌 되었든 건축 공사는 예정대로 착착 진행되고 있었다. 건국 이래 최대량의 콘크리트를 퍼부은 타설 작업이 성공리에 완료되고, 타워동의 바다조망 평형대 라인은 벌써부터 수천만 원대의 프리미엄이 형성되어 분양권이 팔리고 있었다. 검찰 수사 역시 조만간 흐지부지 끝날 것이라고 했다. 그런 후엔 비리로 얼룩진 저 초고층 건물은 관광특구인 이 해변을 상징하는 자랑스러운 랜드마크로 우뚝 서게 될 것이다.

그녀가 쯧쯧 혀를 찬다. 오죽 답답했으면 함바집 여주인이 이른 새벽에 15층 높이의 크레인에 올라갔겠는가. 젊은 시절에 그녀도 함바집에서 일한 적이 있었다. 공사현장 안쪽에 대충 지어 올린 컨테이너 가건물에서 여름에는 더위를, 겨울에는 추위를 견디며 날마다 수백 개의 식판과 국그릇들을 설거지했다. 하루하루가 고된 시절이었다. 한 달에 두 번, 쉬는 날이 돌아오면 하루 종일 방 안에 누워 끙끙 앓았다. 몇 달 후 식당 일을 그만둔 건 아픈 손목을 치료하느라 한의원에 갖다 바치는 돈이 주방보조 월급에 육박했기 때문이었다.

"팀장들이 결제를 안 해 주능교?"

"요즘 주변이 워낙 시끄럽다 보니, 식대가 자꾸 깔린다 아니요."

"거참, 큰일이네."

그녀가 다시 혀를 찬다. 식대를 장부에 기록한 후 월말에 팀장이 인부들의 외상값을 한꺼번에 결제하는 게 함바집 관행이었다. 그래서 공사가 시작된 직후 인부들 숫자가 적고 식대도 '깔리기' 시작하는 첫 두어 달은 함바집 수입이 거의 없었다. 하지만 공사가 4, 5개월쯤 진행되면서부터는 쏠쏠하게 돈이 들어오기 시작하고 그다음부터는 그야말로 돈을 자루로 쓸어 담듯 손쉽게 굴러가는 게 함바집이었다. 함바집 운영을 둘러싸고 세력 다툼이 일어나거나 뇌물과 청탁이 암암리에 오가는 이유도 일단 운영권을 따내기만 하면 안정적인 수익이 보장되기 때문이었다.

"기자들 오고, TV 뉴스에 났으니, 곧 해결되겠지."

블랙커피 남자가 덧붙인다.

두 남자가 안전모를 쓰고 다시 해변으로 발길을 돌린다. 그녀가 고개를 돌리고 두 사람의 뒷모습을 바라본다. 저기 햇볕 쏟아지는 해변이 있다. 이곳 이면도로에서는 바닷물이 보이지 않지만 그녀는 밀려왔다 밀려가는 짙푸른 파도를 생생하게 느낄 수 있다. 젊은 시절부터 일흔이 넘은 지금까지 하루하루 살아갈 힘을 준 게 저 검푸른 바다였다. 저 바다가 없었더라면, 가슴속 응어리를 마음껏 내맡길 차디찬 바닷바람이 없었더라면, 암담한 청춘의 세월을 어찌 건너왔을지 지금 생각해도 아득한 심정이었다.

남편이 살림을 차렸다는 소식을 들은 후 그녀는 두 아들을 남편에게 보냈다. 혼자 벌어서 아이 셋을 키울 수 없겠다는 생각이었고, 무엇보다도 아이들은 집안의 가장이 거두어야 한다는 게 그녀가 품어 온 상식이었다. 차마 젖먹이까지 보낼 수 없어서 막내는 그녀가 맡았다. 한편으론 그렇게 남의 아이들을 키우면서 지지고 볶으며 살다 보면 그 여자가 얼마 못 가 겁을 집어먹고 도망가리라는 계산이 있었다. 하지만 남편과 여자는 헤어지지 않았다. 오히려 신발 공장 근처의 목 좋은 자리에 세를 얻어 보란 듯이 분식집을 차렸다. 때때로 그녀는 막내를 둘러업고 분식집 근처를 서성였다. 하루 일과를 마친 여공들이 분식집 안으로 우르르 몰려가는 걸 자주 보았다. 장사도 잘되고 두 아이도 그럭저럭 새 생활에 적응하는 것 같았다. 젖먹이를 업고 다시 버스를 타고 집으로 돌아올 때면 가슴 깊은 곳에서 불덩이가 치밀어 올랐다. 수시로 바닷가로 나가 찬바람을 쐬지 않으면 울혈이 끓어올라 터져 버릴 것 같았다.

바닷가에서 노점을 시작한 게 그 무렵이었다. 백사장에 죽 늘어선 해송들 사이에 나무 판때기를 깔고 일숫돈을 얻어 물건을 떼 왔다. 겨울에는 삶은 달걀, 고동, 김밥을 팔았고, 여름에는 사이다, 콜라 같은 청량음료나 '아이스케키'를 팔았다. 그날 올린 매상에서 원금과 이자를 조금씩 갚아 나갔다.

막내는 좌판 앞에서 컸다. 해송들 사이에 부려 놓으면 아이는 백사장으로 뿔뿔 기어가 손가락으로 모래구덩이를 파고 헤집으면서 놀았다. 바닷바람을 맞으며 끼니를 챙겨 먹고, 아이에게 젖을 물리고, 똥 기저귀를 갈았다. 햇볕 좋은 날, 하얗게 포말을 일으키며 부서지는 푸른 파도를 바라보노라면 가슴 안쪽의 시커먼 응어리가 조금은 느슨해지는 듯싶었다. 아침이면 다시 돌덩이처럼 딱딱해지는 덩어리가 저녁이 되면 조금씩 풀어헤쳐지는 날들이 반복되었다.

일숫돈을 다 갚은 건 섣달 열흘 만이었다. 하루도 빠짐없이 일수를 찍었기 때문이었다. 몇 년 후 포구 근처에 슬레이트 지붕의 단층집을 살 수 있었다. 번듯한 양옥은 아니었지만 방이 두 칸에다 좁은 마루와 부엌과 옥외 화장실이 있었고, 무엇보다도 바닷가와 가까워 막내를 챙기면서 일하러 다니기가 좋았다.

장사가 힘들어진 건 해수욕장이 문화재 기념물 지정에서 해제되면서부터였다. 그때부터 밑천 없이 먹고 사는 노점상들의 삶이 훨씬 팍팍해졌다. 해안선을 따라 고급 호텔과 상가 건물들이 들어서고 백사장 주변에 환경미화 구간이 지정되었다. 구청의 도시 관리팀에서 단속반이 출동하기 시작했다. 해안 도로 바닥에 '노점상 절대금지 존'이 노란색 페인트로 표기되고, '노점 행위 시 즉시 물품 압수와 과태료를 부과한다'는 경고판이 곳곳에 세워졌다. 단속반과 노점상들 사이에 숨바꼭질이 시작되었다. 물품을 압수하려는 단속반과 이를 뺏기지 않으려는 노점상들 사이에 몸싸움과 고성이 오갔다. 그녀 역시 '노점상 특별 단속기간'이 되면 며칠 동안 장사를 접어야 했다.

세월이 많이 흘렀지만 그녀는 아직도 그 남자의 얼굴을 기억한다. 갓 마흔이 넘었을까. 방금 구청 사무실을 빠져나온 듯한 인상의 남자는 흰색 와이셔츠와 양복 바지 차림에 뿔테 안경을 쓰고 있었다. 그날은 이른 아침부터 현장 단속반이 기승을 부렸다. 주변의 몇몇은 이미 물건을 압수당한 뒤였다. "치킨 아니잖아요, 치킨은 안 팔았잖아요." "그러지 말고 그거 하나만 돌려주세요." 백사장 여기저기서 단속반과 노점상들이 실랑이를 벌였다. 그녀는 도로 위쪽에서 누군가의 물건이 압수당하는 걸 보고 급히 좌판을 거둬 나무 울타리에 숨겼다. 다행히 단속반이 그녀 앞을 그냥 지나쳐 갔다. 막 한숨을 돌리려는데 뒤에서 갑자기 저음의 목소리가 들려왔다. "할머니, 여기서 장사하시면 안 돼요. 절대로 안 됩니다." 어디선가 그녀의 행동을 주시하고 있었다는 듯 단호하고도 야멸찬 목소리였다.

그녀는 깜짝 놀랐다. 그래서였다. 누군지 뒤를 확인해 보지도 않고 무작정 도로 앞으로 내달렸다. 뒤뚱거리며 약 50미터쯤 달렸을까. 거친 숨을 몰아쉬며 달리던 그녀는 그대로 땅바닥에 널브러졌다. 순식간의 일이었다. 정신이 아뜩하고 온몸이 욱신거렸지만 그보다는 알 수 없는 설움이 확 몰려들었다. 그녀는 엎드린 채로 울었다. 땅바닥에 얼굴을 박고 갑작스럽게 전신을 덮쳐 오는 설움을 도저히 어찌해 볼 수가 없어서 그대로 엎드려 울었다.

잠시 후 남자가 그녀를 일으켜 세웠다. 물건을 빼앗겼느냐고, 저음의 목소리로 남자가 물었다. 물건을 빼앗겼으면 자기 이름을 대고 도로 찾아올 수 있다고 했다. 그녀는 아니라고 했다. 손가락으로 울타리 쪽을 가리키며 저기 숨겨 두었다고 했다. 그런데 남자의 물음에 대답하는 동안 웬일인지 더 큰 설움이 휘몰아쳤다. 남자가 자신의 역성을 들어줬다고 믿었던 걸까. 당황해하는 남자 앞에서 그녀는 한참 동안이나 소리 내어 울었다.

그날 이후 그녀는 백사장에서 물러나 호텔 사이의 이면도로에 자리를 잡았다. 그녀가 엎어져 울던 바로 그 도로였다. 해변산책로와 4차선 도로를 잇는 그곳은 햇볕이 들지 않고 맞바람이 심했다. 그래서인지 통행량이 적었고 외지인들은 그곳에 도로가 있다는 사실조차 잘 몰랐다. 그곳에서 그녀는 사시사철 나무 밑동에 꽃무늬 파라솔을 매어 두고 일회용 믹스커피를 팔았다. 뿔테 안경을 쓴 구청 남자는 그날 이후로 보지 못했다. 구청의 단속반도 웬일인지 그녀가 자리 잡은 이면도로에는 나타나지 않았다. 그녀는 그렇게 바닷가의 터줏대감이 되어 갔다.

박 기사가 수레 앞에서 걸음을 멈춘다.

"정 기사 아직 안 지나갔지요?"

"지나갔어. 아가씨하고 얘기하면서. 어디 가예? 일하러 가예? 하니까, 머, 그기 아니고, 따지러 간다든가, 떠들러 간다든가."

"언제?"

"쪼금 전에. 커피 한 잔 먹고."

"하, 어째 안 오노."

박 기사가 도로 위쪽으로 성큼성큼 사라진다. 석 달 전 호텔 지하의 리모델링 공사와 함께 작업반 인부들이 이른 아침부터 공사를 시작했고, 덩달아 그녀의 출근 시간도 빨라졌다. 평소 오전 10시쯤 시작하던 장사를 인부들 작업 시간에 맞추느라 아침 7시경으로 앞당긴 것이다. 겨울 아침의 찬바람이 늙은 뼈를 시리게 했지만 그녀는 괘념치 않았다. 인생의 대부분을 그녀는 이 바닷가에서 보냈다. 바닷바람을 온몸으로 맞으며 일하면서 먹고살았고, 그러는 동안 청춘의 노여운 기억도 가슴속 응어리도 구멍이 숭숭 뚫리면서 희미해졌다. 사정은 요즘도 비슷했다. 백사장에서 좌판을 벌이던 때와는 달리 하루 매상이 뚝 떨어져 만오천 원일 때도 있고 이만 원일 때도 있지만, 하루라도 찬 바닷바람을 쐬지 않으면 답답증 때문에 견딜 수 없었다. 몸이 허락하기만 하면 아니 두 발로 커피 수레를 끌고 나올 기력만 있다면, 그녀는 언제까지라도 이 도로에서 커피를 팔고 싶었다.

장 씨의 택시가 도로로 들어선다. 벌써 점심시간이 다 된 모양이다. 그녀가 얼른 돌김 상자를 수레 앞으로 옮겨 둔다. 수레 안쪽으로 김 상자를 밀쳐 둔 걸 알면 장 씨가 좋아할 리 없다.

"커피 한 잔 주소."

그녀가 숟가락으로 커피를 휘저어 건넨다.

"자셔 보이소. 싱거우면 커피 더 타 드릴게."

"외국 사는 딸내미 아직 도착 안 했나?"

"글쎄. 안 그래도 기달리고 있는데 소식이 없네."

"딸이 용돈 좀 줘?"

"용돈은 뭐…"

그녀가 얼버무린다. 작년에 그 아이는 그쪽 나라에서 사온 선물이라며 초콜릿 상자만 몇 개 가져다주었다.

"그래도 갸가, 이쁘게 잘 컸어."

"그라면 뭐 하노. 용돈 주는 딸이 최고지."

"그래도 갸가 호적에는 아직 안 올랐지만 우리 문중에, 족보에는 올라 있지. 올렸어, 작년에. 어차피 김 씨 집안 딸이니까. 지가 그래도 한국에서 무슨 김씨에다가 하는 게 있어야 떳떳하게 살아가지."

"그래? 족보에 올렸어?"

"저기, 재래시장에 가면 우리 김씨 문중 큰 거 있걸랑. 시장 안 오른쪽에. 그러니까 재래시장에서 남 고등학교로 내려가면 왼쪽이고, 농협에서 찾을라 카면 아파트 쪽으로 올라가. 거기 오른쪽에 우리 재실 큰 거 있어. 지가 거 재실에는 올라 있지."

"잘됐네."

장 씨가 고개를 끄덕인다.

재작년 연말에 경찰서에서 전화가 걸려 왔을 때만 해도

그녀는 실제로 그 아이를 만나게 되리라고는 생각하지 못했다. 경찰서에서 찾는 사람은 죽은 남편이었다. 남편이 이미 사망했다고 하자 담당 경찰이 그 여자의 행방에 대해 물었다. 스웨덴에 입양된 여자의 딸아이가 친부모를 찾고 있다는 것이었다. 몇 사람 건너 수소문해 보면 그 여자의 소식을 알 수 있을 터였다. 새 남자와 함께 사는 여자가 서울 근교에서 장사를 한다는 소식을 들은 적 있었다. 내키지 않았지만 그녀는 결국 그 여자의 전화번호를 알아내서 담당 경찰에게 알려 주었다. 그랬는데 작년 여름에 휴가차 한국에 왔다면서 그 아이가 불쑥 집으로 찾아온 것이었다.

아이를 처음 봤을 때 그녀는 깜짝 놀랐다. 자그마한 몸피며 또렷한 이목구비가 젊었을 적 그 여자와 너무나 닮아서였다. 어느새 마흔 살이 되었다는 아이의 첫인상이 징그러워 보였던 건 그래서였다. 초승달처럼 휘어진 눈썹 아래의 붉은 입술에서 금방이라도 갈라진 뱀 혓바닥 같은 게 튀어나올 것만 같아서 아이를 본 순간 소름이 쫙 끼쳤다.

그런데 겪어 볼수록 아이는 제 엄마와는 딴판이었다. 말 없고 음흉했던 제 엄마와는 달리 낙천적이고 명랑했다. 스웨덴에 사는 양부모와 인터넷 영상통화로 인사를 시켜 주기도 하고, 어린 시절부터 자라온 제 모습을 빠짐없이 담은 사진첩을 가져와 일일이 설명해 주었다. 난생처음 만난 조카들과도 금방 친해졌고, 문중 선산에 있는 남편의 무덤을 찾아갔을 땐 말없이 눈물을 흘렸다.

"미안합니다. 엄마 대신 제가 사과할게요." 큰손녀가 통역해 준 아이의 말을 전해 듣는 순간 그녀는 할 말을 잃었다. 그 여자나 남편이 아니라, 그 아이에게서 미안하다는 말을 듣게 될 줄은 정말이지 상상조차 하지 못했다. 큰손녀의 통역이 아니더라도 아이의 눈빛과 얼굴표정과 손짓 발짓은 그 아이의 진심을 그대로 전달해 주었다. 지금까지 제 엄마가 했던 모든 행동에 대해 사과한다며 눈물을 글썽이는 아이의 얼굴을 본 순간, 그녀는 심한 어지럼증을 느꼈다. 그리고는 오랫동안 애써 잊고 있던 기억 하나를 떠올렸다.

그동안 아무에게도 말한 적 없지만, 오래전에 그녀는 그 여자의 임신 소식을 누구보다도 먼저 알았다. 바람난 남편을 둔 그녀의 처지를 동정하던 이발소 안주인이 면도사 처녀의 몸태가 달라졌다고 귀띔해 주었기 때문이었다. 그녀는 시부모를 움직여 일단 남편을 고향인 P시로 보냈다. 시아버지가 위독하다는 전갈을 받은 남편은 의심 없이 집을 떠났다. 휴대전화도 컴퓨터도 상용되지 않던 시절이었다. 시부모가 남편에게 어떤 으름장을 놓았는지 알 수 없지만 남편은 그 후 몇 달 동안 고향인 P시에 머물렀다. 그녀는 서둘러 집과 점방을 정리한 후 아이들을 먼저 P시로 보냈다. 그런 후에 이미 배가 불러오고 있는 처녀를 만났다. 출산일이 다가오자 처녀는 불안에 떨며 안절부절 못했다. 그녀는 처녀를 어르고 위협해서 친권포기각서에 사인하도록 했다. 이듬해 남편은 결국 집을 나가 그 여자와 살림을 차렸다. 두 사람이 아기의 행방을 수소문했을 때 아기는 이미 먼 나라로 입양을 떠난 후였다.

'제 새끼 버려 뺄고, 남의 애들 키우느라 지도 죽을 맛이었을 거여. 그 긴긴 세월 동안 나도 내 손으로 내 애들 키우지 못하고.' 그녀가 혼잣말을 중얼거린다.

휴대전화가 울린다. 그녀가 폴더 폰을 열고 발신자를 확인한다. 큰아들이다.

"혜자가 지금 막 기차역에 도착했다네요."

그녀가 수레 위의 물건들을 주섬주섬 정리하기 시작한다. 장 씨가 묻는다.

"왜? 오늘 장사 접게?"

"딸이 도착했다네. 집에 가 볼라구요."

그녀가 커피, 프리마, 설탕, 종이컵, 플라스틱 의자 등을 수레 안으로 밀어 넣는다. 장 씨가 나무 밑동의 노끈을 풀고 꽃무늬 파라솔을 접어 준다.

"딸이 용돈 많이 주나 봐. 할매가 웬일로 장사를 다 접고."

장 씨를 뒤로하고 그녀가 수레를 끌고 총총히 도로를 벗어난다. 해변산책로에 접어든 후 건축공사가 한창인 초고층 건물을 지나 옛 포구자리에 다다른다. 집으로 향하는 이차선 오르막길을 걸으며 그 아이의 얼굴을 떠올린다. 마흔 살인데도 결혼할 생각은 도통 없고, 수채화인지 유화인지를 취미로 그리면서 직장에 다닌다는 그 아이. 그쪽 나라에서 틈틈이 한국어를 공부하고 있다는 그 아이에게 이번에는 그녀도 뭔가 할 말이 있을 것 같았다.

등 뒤에서 차가운 바닷바람이 휘몰아친다. 그녀가 입술을 달싹이며 커피 수레를 끌고 간다.

# 열한 번째 아이

아이로부터 전화가 걸려 온 건 정오 무렵이었다. 수영장에서 돌아와 젖은 수영복과 수모와 수경을 화장실 수건걸이에 걸쳐 놓고 소파에서 막 한숨 돌리던 참이었다. 거실이 고즈넉했다. 어디선가 새 울음소리가 들렸다. 아파트 담장 옆 유치원 건물의 나무들 사이에서 들려오는 소리였다. 까마귀인지 까치인지 모를 새소리에 덕순은 한참 동안 귀를 기울였다. 장하다. 장해. 덕순이 뜻 모를 말을 중얼거렸다. 다시 소파에 앉는데 휴대전화가 울렸다. 연락처에 등록되지 않은 번호였다.

할머니이.

어리광 섞인 목소리가 수화기에서 흘러나오자 덕순은 저도 모르게 소리를 질렀다.

태호야! 너 태호냐?

네에. 할머니이.

덕순은 말문이 막혔다. 하지만 아이는 거침없이 종알거렸다.

할머니이. 오랜만이제? 그동안 나 안 보고 싶었어?

능글맞고 친숙한 아이의 목소리에 덕순은 목이 메었다. 아이와 소식이 끊긴 지 벌써 삼 년이 넘었다. 삼 년 전 추석 명절 때, 역시나 딴 속셈이 있었던 제 아비를 따라 집에 다녀간 뒤론 감감무소식이었다. 지은 죄가 있어 먼저 연락하지 못하는 것 같았다. 그러거나 말거나 덕순은 아이에게 몇 번이나 전화를 넣고 문자를 남겼지만 녀석에게서는 도통 응답이 없었다. 그러곤 얼마 뒤 휴대전화 번호가 바뀌었는지 '지금 거신 번호는 없는 번호이오니…'라는 자동응답 메시지가 흘러나왔다.

할머니, 나 배고파. 지금 점심 먹으러 가도 돼?

어이구! 우리 태호가 갑자기 뭔 바람이 불었을까?

나 조기 구이 먹고 싶어 할머니. 조기 세 마리만 구워 줘. 꼭 세 마리여야 해!

전화를 끊고 덕순은 허둥지둥 냉동실로 향했다. 마침 손질해 얼려 놓은 조기가 딱 세 마리 남아 있었다. 서둘러 조기를 해동한 후 불고기 감을 양념에 재고 상추를 씻고 쌈장을 새로 만들었다. 미리 연락을 줬더라면 아이가 좋아하는 잡채와 게장무침을 만들어 뒀을 텐데, 갑작스런 녀석의 행보에 새삼 고개가 갸웃거려졌다.

밥통에 쌀을 안친 후 덕순은 아차, 하며 안방으로 종종걸음쳤다. 가방에서 지갑을 꺼내 장롱 속 이불 사이에 찔러 두고, 반지며 목걸이 등의 금붙이는 찬장 깊숙한 곳에 잘 감추었다. 그동안 잊을 만하면 아이와 연락이 끊겼던 이유가 다 이것들을 제대로 숨겨 두지 않았기 때문이었다. 아이가 중학교에 들어간 후 훔치는 일이 반복될 때마다 돈 액수가 커졌고, 맨 마지막에 아이는 친목계에서 단체로 장만한 좁쌀 크기의 다이아 박힌 금반지를 훔쳐 달아났다. 그렇긴 해도 큰 소리로 야단치고 등짝을 몇 번 후려친 후 다시는 그러지 않겠다는 다짐을 받으면 그만일 일이었다. 하지만 아이는 지레 겁을 먹고 지난 삼 년 동안 연락을 끊어 버렸다.

조기 타는 냄새가 진동했다. 허둥대며 안방에서 뛰쳐나갔지만 조기 세 마리는 꼬리며 지느러미, 통통한 몸통까지 검게 그을린 뒤였다. 아이고, 이놈의 정신머리. 덕순이 혼잣말을 하며 가스레인지 불을 껐다. 부엌용 가위로 시꺼멓게 그을린 부분을 이리저리 잘라 냈지만 조기는 이미 찢어진 홑이불처럼 누더기가 되어 버렸다. 덕순은 상심한 얼굴로 상을 차렸다. 그때 현관 벨이 울렸다.

*

할머니이!

키가 한 뼘은 더 자라고 얼굴이 몰라보게 갸름해진 태호가 현관 밖에 서 있었다. 그런데 녀석은 혼자가 아니었다. 덕순은 얼어붙은 듯 그 자리에 멈췄다. 일순, 사방이 고요해지고 머릿속이 하얗게 비었다.

할머니, 할머니이!

태호가 다가와 덕순의 양팔을 흔들었다.

태호 뒤편에서 쭈뼛거리던 여자애가 그제야 기어들어가는 목소리로 안녕하세요, 하고 인사했다. 그리곤 품에 안은 어린것에게도 인사를 시켰다. 승환아, 안녕하세요, 해야지.

인공관절을 박아 넣은 양 무릎이 휘청거렸지만 덕순은 마음을 다잡고 눈앞의 현실을 이해하려고 애썼다. 그러니까 조기 세 마리를 구워 달라는 말이….

우리 할머니 엄청 놀래 버렸어?

아이가 제 아이를 데리고 나타날 줄은 꿈에도 생각하지 못했으므로 덕순은 입에서 절로 터져 나오는 대로 소리를 질렀다.

이눔 새끼야, 이게 다 뭔 일이여!

우리 할머니, 자, 자, 들어가서 얘기해!

정신을 가다듬고 거실 바닥에 앉고 보니 호리호리한 체격의 태호는 그새 제법 청년 티를 물씬 풍겼다. 살이 빠져서인지 역삼각형으로 길쭉해진 얼굴형이 영락없이 제 아비를 쏙 빼닮은 모습이었다. 그렇긴 해도 부드러운 눈매며 날카롭지 않은 복스러운 코끝이며 죽은 어미의 흔적은 여전히 남아 있었다. 앳된 얼굴의 여자애가 태호 옆에 다소곳이 앉고 어린놈은 벌써 거실 반대편으로 통통 뛰어갔다.

태호야, 그러니까 저 애가 지금….

19개월이라고 했다. 씨도둑은 못한다더니 너부데데한 얼굴이며 튼실한 팔다리며 잠시도 가만있지 못하고 사부작대며 돌아다니는 품새가 태호 어릴 적 모습과 꼭 닮았다.

할머니, 우리 아들 잘생겼지?

태호가 어린놈 허리를 붙잡더니 장난스럽게 제 볼을 가져다 비빈 후 손가락으로 머리카락을 흩트려 놓았다. 둘이서 자주 하는 짓거리인지 어린것이 태호를 쳐다보며 까르르 까르르 웃었다. 낯가림 없는 건강한 아이였다. 두 어린놈이 하는 양을 보고 덕순이 휴, 한숨을 내쉬었다. 어처구니가 없었다.

고등학교도 졸업 못 하고 이게 뭔 사단이여, 이놈아!

할머니, 나 배고파!

태호의 말이 끝나기도 전에 덕순이 주방으로 가 밥을 푼다, 국을 뜬다, 조기 접시를 놓는다, 부산을 떨었다. 태호가 배고프다는 말을 할 때마다 덕순은 가슴 깊은 곳이 짓뭉개지는 것처럼 아리고 쓰렸고, 그런 후에는 한없이 마음이 약해졌다. 태호 스스로도 자신의 존재가 할머니의 아킬레스건이라는 사실을 잘 알았다. 돈이나 물건을 훔쳐 달아났다가도 시간이 지나고 나면 짐짓 당당하게 할머니를 찾아와 배가 고프다고 말하는 이유가 그것이었다. 할머니는 말하자면, 얼굴도 기억나지 않는 추상의 어머니가 자신을 위해 이 지상에 남겨 둔, 무제한 사용 가능한 데이터 같은 것이었다.

거실이며 안방을 휘젓고 다니는 어린것을 덕순이 눈으로 좇으며 살피는 동안 태호와 여자애는 식탁에 앉아 밥을 먹었다. 어릴 때부터 먹성이 좋았던 태호는 가리는 것 없이 이것저것 잘 먹었고, 여자아이는 조심스럽게 그러나 반찬 접시마다 골고루 젓가락을 댔다.

밥은 먹고 다니냐? 왜 이렇게 몸이 말랐어?

할머니, 나 밥 잘 먹어. 근데 요즘 다이어트 하잖아.

식탁에서 밥을 먹는 두 놈과 거실에서 부산스럽게 왔다 갔다 하는 어린놈을 한눈에 훑고 난 덕순이 다시 한숨을 내쉬었다. 이 일을 어쩐단 말인가.

저것을 내가 끝까지 키웠더라면…. 그동안 수천 번도 더 곱씹은 후회가 덕순의 가슴으로 휘몰아쳤다. 암 투병하던 딸아이가 죽고, 뭐가 그리 급했는지 장례 치른 지 겨우 석 달 만에 도둑놈처럼 새장가 든 제 아비가 몇 년 후 어느 날 갑자기 저것을 데려간다고 우겼을 때, 죽어도 못 보낸다고 끝까지 버텼더라면, 그랬더라면 지금쯤 태호는 고등학교를 다니고, 내년이면 대학 신입생이 되고, 그렇게 다른 아이들처럼 평범하게 살 수 있었을까. 그럴 수 있었을까.

밥을 다 먹은 태호가 주방 옆 작은방으로 들어갔다. 보나 마나 벽에 걸린 제 초상화를 올려다보고 있을 거였다. 그림 속의 태호는 두 살배기였다. 야구 모자를 쓰고 멜빵바지를 입고 뭔가 못마땅한 듯 입술을 비죽이 내밀며 뾰로통한 표정을 짓고 있었다. 바탕을 푸른색으로 칠한 탓인지 아이가 웃고 있지 않은데도 전체적으로 그림이 밝아 보였다. 작은 주먹을 불끈 쥔 불만스런 표정이 오히려 생동감마저 느끼게 했다. 미대를 졸업한 막내딸이 명줄을 놓기 몇 달 전에 제 새끼를 그려 놓은 거였다.

태호를 낳자마자 암 진단을 받았고, 발병한 지 이 년도 못 돼 세상을 떴으니, 어미 노릇 한 번 제대로 해 보지 못한 딸아이였다. 밥 한 톨 넘기지 못하고 진통제와 링거액으로 목숨을 연명하면서도 딸아이는 틈틈이 자리에서 일어나 그림을 그렸다. 엄마, 우리 아들 잘생겼지? 병원에서 숨을 거두기 전, 덕순이 잠시 집에 데려와 돌보던 시기였다. 앙상하게 뼈만 남은 손가락으로 캔버스 앞에서 붓질을 하던 딸아이의 심정이 어땠을지, 그림을 볼 때마다 덕순은 가슴이 쓰라렸다. 딸아이 간 지 벌써 십칠 년이었다. 하지만 생전에 그 아이가 했던 말, 미소, 손짓, 앙상한 손가락뼈 하나하나까지 덕순에게는 여전히 모든 게 생생했다. 오년 전, 역시 암으로 세상을 떠난 남편은 잊은 채 살아가면서도, 그보다 더 오래전에 죽은 딸아이에 관해서는 이상하게도 아무것도 잊히지 않았다.

삼 남매 중 가장 살갑고 정 많은 아이였다. 엄마아, 엄마아. 집안일 하는 덕순을 일 없이 불러 놓고 등 뒤에서 와락 껴안기도 하고, 빠듯한 용돈을 쪼개서 핸드로션이다 아이크림이다 덕순이 듣도 보도 못한 상표의 화장품을 사다 주기도 했다. 반듯하지만 무심한 성격의 아들이나 매사 똑 부러지지만 잔정이라곤 없는 큰딸이 서운해질 때마다 덕순은 종종 이 세상에 없는 막내딸을 생각했다. 그것만 살아 있었더라면. 어째서 그 아이는 서른 살도 못 채우고 세상을 등져야 했을까. 막내딸을 떠올릴 때마다 모든 게 어제 벌어진 일처럼 덕순은 콧잔등이 시큰거리고 눈물이 삐져나왔다.

품 안으로 달려드는 아이를 태호가 허공으로 안아 올린 후 볼을 쪽쪽거렸다. 덕순은 새삼 어이가 없었다. 머리에 피도 안 마른 녀석이 제 새끼랍시고 물고 빨고 하는 꼴이 기가 막혔다. 지금쯤 교실이나 도서관에서 미래를 위해 시간을 투자하거나, 하다못해 자격증이나 합격증 뭐 그런 걸 얻기 위해 힘을 쏟아야 할 나이 아닌가 말이다. 이제 겨우 열아홉. 앞날 시퍼런 청춘이 애 똥 기저귀나 갈고 분유값이나 걱정하며 아등바등 인생을 살아야 하는가 말이다.

니 애비도 너 이런 거 알고 있냐?

응, 할머니. 아빠도 얼마 전에야 알았어. 아빠도 그때 엄청 놀래 버렸어.

그래? 썩을 놈.

할머니, 우리 아빠 아직도 미워해?

그래. 할머니는 니 아빠가 젤 미워.

그래도 아빤 내가 말하면 뭐든 다 들어 줘.

아빤 지금도 원룸에서 혼자 살아?

응 할머니, 동생들은 걔들 엄마하고 따로 산대.

태호 아비만 생각하면 덕순은 심사가 복잡하게 헝클어졌다. 재혼 후 육 년 만인가, 초등학교에 갓 입학한 태호를 데려가면서 했던 말이 아직도 귓가에 쟁쟁했다. 이제 이쪽 집안은 잊게 할 겁니다. 집사람한테 빨리 적응시켜야죠. 하지만 태호 아비는 그 후에도 덕순네를 뻔질나게 들락거렸다. 태호를 앞세우기도 했고, 어느 땐 끼니 때 혼자 찾아와 밥을 먹고 가기도 했다. 그런데 다니던 직장을 그만두고 사업을 시작하면서부터 심심찮게 돈 얘기를 꺼냈다. 나중에 알고 보니 순해 빠진 아들에게까지 손을 벌려 몇 차례 돈을 가져간 적이 있었다. 삼 년 전 추석 명절 때 다녀간 후에는 갑자기 전화를 걸어 합의금이 필요하다며 목돈을 요구했다. 태호가 반 친구를 두들겨 패서 경찰서에 붙잡혀 있다는 거였다. 태호와는 이미 연락이 끊긴 상태였으니 사실을 확인해 볼 수 없었다. 이번이 마지막이다, 못 박으며 아들을 통해 합의금을 건넨 게 삼 년 전의 일이었다.

애는 어디서 어떻게 낳았어?

여자애 말에 의하면 미혼의 임산부를 무료로 출산하도록 도와주고 몸조리까지 시킨 후 내보내는 시설이 있다고 했다. 여자애는 태호보다 한 살 어렸고, 십대 미혼모를 위한 보조금을 받을 수 있었다는 거였다. 출산 후 한동안 시설에 그대로 머물렀고, 원룸을 얻어 함께 산 지는 몇 달 되지 않았다고 했다.

덕순은 어린것의 얼굴을 찬찬히 뜯어보았다. 눈썹머리

가 좁고 눈썹이 꼬리를 향해 퍼지며 흩어지는 모양새나, 높은 콧대와 뭉툭한 코끝의 곡선이 영락없이 태호 어릴 적 모습을 빼닮았다. 어린것 얼굴 위로 막내딸의 모습이 겹쳐졌다. 엄마아, 내 눈썹은 빗자루 눈썹, 내 코는 복코. 딸아이 음성이 어디선가 들리는 듯했다.

아가, 이리 온.

덕순이 양팔을 벌리자 아이가 냉큼 품 안에 안겼다. 꼿꼿한 허리며 튼실한 팔다리의 감촉이 손바닥에 생생하게 느껴졌다. 덕순은 흠칫 몸을 떨었다. 열락 같은, 두려움 같은, 기묘한 감정이 가슴께로 휘몰아쳤다. 이것이 살아 있음인가. 이것이 이승에 살아 있다는 것을 실감하는 일인가. 덕순의 두 눈이 젖어 들었다. 토실한 아이의 등을 어루만지던 덕순의 얼굴이 곧 어두워졌다.

이제부터 뭘 해서 먹고살 건데?

할머니, 나 돈 벌어.

니가 뭔 수로 돈을 벌어?

저녁 7시쯤 출근해서 아침에 돌아오는 직장에 몇 달째 출근하고 있다고 했다. 뭐하는 곳이냐고 재차 물었지만 태호는 빙글빙글 웃으면서, 나쁜 일은 아니야 할머니, 하며 덕순의 어깨를 보듬었다. 제 어미를 닮아선지 능글맞다 싶을 정도로 감정 표현이 풍부한 아이였다.

그럼 애는 엄마가 보냐?

여자애가 냉큼 대답했다.

네. 근데 태호가 전혀 도와주질 않아요. 애가 똥 싸면 코 틀어쥐고 저를 불러요. 똥 쌌어, 하면서 소릴 질러요.

태호가 내가 언제? 하며 대화에 끼어들었다. 두 놈이 옥신각신하는 걸 보며 덕순이 한숨을 쉬었다. 이 노릇을 어찌할꼬.

후식으로 내간 수박을 먹은 후 태호는 집으로 돌아갔다. 출근하기 전에 낮잠을 좀 자 두어야 한다고 했다. 원룸이라면서 대낮에 태호가 잠을 자면 나머지 두 놈은 어디에 있다는 말인지, 쌀을 팔아 밥은 꼬박꼬박 지어 먹는 것인지, 덕순은 뒤숭숭한 마음을 가눌 길이 없었다.

그날 밤, 덕순은 잠을 이루지 못했다. 갑작스런 태호의 출현은 덕순을 보다 깊고 음습한 상념으로 이끌었다. 오랫동안 시달려 온 미망. 태호가 태어나지 않았더라면 막내가 그렇게 허망하게 죽지는 않았을 거란 생각이었다. 막내가 임신했을 무렵, 덕순은 사위가 했던 말을 똑똑히 기억하고 있었다. 어머니, 현정이가 많이 아파요. 그때는 무심히 넘겼던 그 말. 막내가 많이 아프다는 말. 혹시 입덧 때문이 아니라, 그때 이미 암세포가 발견된 건 아니었는지, 그리고 젊은것들이 뱃속의 아이를 살리느라 치료시기를 놓쳐 버린 건 아닌지, 덕순은 오래 묵은 사념에 마음이 한없이 헝클어졌다. 저것이 태어나지 않았더라면. 몹쓸 생각인 줄 알면서도 태호가 다녀간 후에 불쑥불쑥 치솟는 사념을 덕순은 어쩌지 못했다.

나무관세음보살. 세상사에 무념무상 해지려면 도대체 얼마나 더 나이를 먹어야 하는 것인지, 천 갈래 만 갈래로 뻗어 가는 근심과 번뇌에 덕순은 애가 닳았다.

*

그냥, 내버려 둬요.

다음 날 아침, 전화로 자초지종을 전해 들은 큰딸의 첫마디가 이랬다. 오만 가지 생각이 끓어올라 뜬눈으로 밤을 지새운 후인지라 딸의 대꾸가 더없이 서운하고 서러웠다. 예나 지금이나 인정머리 없는 것.

다들 각자 자기 인생이 있는 거야. 엄마가 걔 대신 살아 줄 거예요? 대신 애 키워 줄 거예요?

다 맞는 말이었다. 그렇긴 해도 어찌 저리 남 말하듯 냉정할 수 있단 말인가.

엄마 나이 일흔다섯이에요. 이제 더 이상 애는 못 키워. 수영장 안 다니고 애 볼 거예요?

누가 그런다냐? 사는 데라도 한번 들여다보겠다는 거지.

주말에 다녀가겠다는 약속을 딸에게서 겨우 받아 내고 덕순은 전화를 끊었다. 같은 뱃속을 뚫고 나온 자식이라도 어쩌면 다들 저리 제각각인지. 직장생활하면서 자식 둘 키우는 복잡하고 고단한 사정을 이해하면서도 덕순은 언제나 딱딱 부러지는 큰딸의 말본새가 못마땅했다.

대학 졸업해서 고만고만한 짝 만나 결혼하고, 각자 아이들 낳고 제 밥벌이에 충실한 큰딸이나 아들에게 덕순이 불만 같은 게 있을 리 없었다. 둘 다 자라면서 그 흔한 사춘기 반항도 하지 않았고, 알아서 척척 참고서를 사 보거나 그룹과외를 찾아가면서 대학도 순조롭게 입학했다. 덕순이 신경 쓴 건 현실감각이라고는 눈곱만큼도 없는 남편을 평생 믿지 않고, 돈을 꽉 틀어쥐고 살림을 맵싸하게 사는 일이었다. 덕순의 남편은 요샛말로 하면 '허당'이었다. 그런 남편의 성정을 일가친척은 물론 시댁식구들도 잘 아는지라, 삼 남매 대학 공부시키고 노후에 꼬박꼬박 연금 받으며 살게 된 공이 모두 덕순에게 있는 줄 누구든 인정하게 되었다.

하지만 덕순으로서는 막내딸이 가장 미더웠다. 위 두 놈에 비하면 막내는 공부도 못했고, 입시용 미술학원이다 재수생활이다, 가르칠 때 들어간 비용도 언니 오빠의 서너 배는 족히 더 들었다. 간신히 미대에 입학한 후에는 연애질 때문에 또 속을 썩였다. 결혼만 해도 그랬다. 사회 경제적으로 비등한 짝을 데려와 결혼한 두 아이들과는 달리, 한마디로 요란뻑적지근한 과정을 겪으며 결혼했다. 그런 막내가 갑자기 세상을 등진 후에야 덕순은 그 아이가 자신에게 얼마나 귀하고 소중했는지 알게 되었다. 막내라서 너그러웠던 것일까. 공부를 못해도, 연애 문제로 속을 썩여도, 덕순은 막내 때문에 잠 못 이룬 적이 없었다. 그 아이가 세상에서 사라져 버린 이후에야 비로소 막내로 인한 상심과 걱정이 시작되었다.

*

태호는 덕순이 열 번째로 키운 아이였다. 삼 남매가 초등학교와 중학교를 다닐 때에도 덕순은 끊임없이 누군가의 아이를 집에 데려와 길렀다. 짧게는 한두 달일 때도 있었고, 태호나 아들의 늦둥이처럼 육칠 년이 걸릴 때도 있었다.

첫 아이는 제부의 사업이 망해서 아이들이 배를 곯고 있다는 말을 듣고 데려온 친정 조카딸이었다. 속눈썹이 길고 두 눈이 예쁜 아이였다. 아장거리는 돌잡이였는데 씻기고 꾸며서 등에 업고 대문을 나서면 근동이 다 환해지곤 했다. 조카딸은 몇 달 후 친할머니가 데려갔다. 그다음은 시댁 조카딸이었다. 연년생을 낳고 보니 하필이면 쌍둥이여서 도저히 갓난아이 셋을 한꺼번에 키울 수 없었다. 방 한 칸에 주르륵 누워 있는 갓난쟁이들을 보며 아랫동서가 눈물바람을 했을 때, 덕순은 자진해서 쌍둥이 언니를 데려왔다. 친정 조카딸을 키울 때는 드러내 놓고 눈치를 주던 남편은 제 집안의 핏줄을 데려오자 덕순의 비위를 맞추며 비굴하게 굴기까지 했다. 그 뒤로 덕순에게는 손자뻘이 되는 팔촌의 자식, 그리고 덕순과 피 한 방울 섞이지 않은 이웃집 아이가 각각 몇 달씩 집에 머물렀다 떠났다. 이웃집 아이는 덕순을 유난히 따르던 초등학생이었다. 아이는 결국 보육원으로 보내졌다. 이혼한 부모가 둘 다 끝내 아이를 맡지 않겠다고 했기 때문이었다. 덕순의 큰딸과 아들이 결혼한 뒤로는 두 손자가 차례로 덕순에게 맡겨졌다가 떠났다.

아이들을 기르면서 덕순은 쏠쏠하게 푼돈을 모았다. 덕순이 요구한 적 없었지만 주변 친척들은 알아서 돈이나 쌀부대를 보내 왔고, 수확기가 되면 콩, 깨, 감자, 고구마, 양파 등의 밭작물을 집으로 가져왔다. 덕순은 사람들의 호의를 굳이 거절하지 않았다. 받은 돈이나 양식으로 아이들을 살뜰히 보살피고, 나머지는 갈무리해서 살림에 보탰다.

덕순이 부업을 시작한 건 남편을 믿지 않았기 때문이었다. 대도시로 이사하기 전, 군청 소재지에서 살던 시절이었다. 읍내 군청의 만년 계장이었던 남편은 월급봉투를 제대로 가져오지 않았다. '기마이' 좋기로 소문난 남편은 술에 취하면 택시를 대절해서 인근 도시를 유람하는 습관이 있었다. 그리고는 어디선가 필름이 끊겨 다시 택시에 실려 되돌아왔다. 월급날이 되면 가깝고 먼 고장에서 다양한 업종에 종사하는 종업원들이 외상값을 받으러 집으로 출동했다. 월급이 남아날 리 없었다. 남편 술버릇의 해악은 한 번 술에 취하면 그런 날이 이삼 일씩 지속된다는 데 있었다. 술이 완전히 깬 다음 날이면 언제 그랬냐는 듯 소심한 공무원으로 되돌아가 다시는 그러지 않으마고 다짐했지만, 남편의 술버릇은 퇴임 후에도 완전히 고쳐지지 않았다.

덕순은 시멘트 마당 한구석에 돼지우리를 짓고, 장날 나온 새끼 돼지 대여섯 마리를 사다 길렀다. 이른 새벽, 새끼 돼지들은 마당 수도꼭지와 연결된 호스의 물줄기로 목욕을 하면서 하루를 시작했다. 목욕을 마친 후엔 전날 저녁 덕순이 하숙 치는 이웃집에서 가져와 펄펄 끓인 음식물 찌꺼기와 사료가 뒤섞인 잡탕찌개로 아침식사를 했다. 이 집 돼지 새끼들은 호강하는구먼. 아침저녁으로 쓸고 닦는 돼지막을 둘러본 이웃들이 말했다. 새끼 돼지들은 무럭무럭 자랐다. 그리고 6개월이 지나면 어김없이 튼실한 암컷이나 수컷이 되어 목돈을 쥐게 했다.

덕순이 수영을 배운 건 태호를 맡아 키우면서부터였다. 딸은 죽고 사위는 신혼의 단꿈에 젖어 있던 무렵, 그리고 얼마 지나지 않아 결혼한 사위가 득남했다는 소식을 들었을 무렵, 아침마다 뱃속에서 활활 천불이 끓어올랐다. 젊디젊은 나이에 상처한 사위에게 짠한 감정이 없지 않은 건 아니었다. 하지만 딸아이 간 지 삼 개월 만에 재혼하고, 재혼한 지 여섯 달 만에 애를 낳은 사위를 덕순은 용서할 수 없었다. 몇 번을 다시 셈해 봐도 딸아이가 사경을 헤매고 있을 때 사위 놈은 연애 중이었다는 결론밖에 나지 않았다.

덕순이 사위의 재혼 소식을 처음 들은 건 사무실 여직원을 통해서였다. 그날 무슨 일인가로 태호 아비에게 전화를 넣었고, 도무지 연락이 닿지 않아 사무실로 전화했던 참이었다. 계장님 지금 신혼여행 중이신데 누구시라고 전할까요? 덕순은 멍해져서 수화기를 그냥 내려놓았다. 잠시 후 태호 아비가 전화를 걸어 왔다. 어머니, 전화하셨네요. 저 지금 출장 왔습니다. 회의 중이라 전화를 받지 못했어요. 덕순은 간신히 대꾸했다. 그런가? 그럼 나중에 이야기하세. 서둘러 전화를 끊고 나서야 온몸이 부들부들 떨려왔다. 사위가 평생 홀로 살아갈 거라고는 생각하지 않았고 원하던 바도 아니었다. 태호를 위해서라도 적당한 때가 되면 새 가정을 꾸려야 했다. 상처한 지 얼마가 지나야 '적당한 때'인지 덕순은 알지 못했다. 하지만 골백번을 다시 생각해 봐도 이런 식은 아니었다.

덕순은 애초에 막내딸의 결혼을 반대했다. 사위를 커피숍으로 불러내 결혼을 허락할 수 없다고 엄포를 놓기도 했다. 띠동갑인 나이 차도 그렇고, 무엇보다도 사위될 사람의 성정이 석연치 않았다. 덕순은 어느 날 젊은 여자로부터 전화를 받았다. 울음 섞인 목소리였지만 여자는 차분하게 상황을 설명했고, 덕순은 나중에 딸아이에게서 같은 이야기를 확인했다. 다른 사람 눈에 피눈물 흘리게 하면 벌 받는다. 덕순은 잘라 말했지만 딸아이는 막무가내였다. 모든 게 자신을 만나기 전에 일어난 일이라 상관없다고 했다. 하지만 덕순의 생각은 달랐다. 앞뒤 맥락 따져보면, 사위가 동거녀를 따로 두고 동시에 막내를 만나 왔던 게 분명했다. 여자는 늦은 밤이면 전화를 걸어 와 흑흑 흐느꼈다. 미칠 노릇이었다. 차라리 여자가 소란이나 행패를 부렸다면 마음이 개운했을지도 몰랐다. 낮게 억눌린 여자의 울음소리가 아무래도 꺼림칙했다. 여자의 질긴 속정과 사위의 표변, 둘 다 징그러웠다.

남편과 태호가 잠든 새벽, 덕순은 학생회관 지하 수영장으로 향했다. 아파트 앞에서 버스로 다섯 정거장을 가면 수영장에 도착했다. 입장료가 쌌고, 나중에 경로우대 할인을 받으면서부터는 강습료가 거의 무료이다시피 했다.

수영장에는 물이 많고도 많았다. 눈물 한 방울 보탠 데도 끄떡없었다. 발차기를 하다가도, 음 파, 음 파, 호흡연습을 하다가도 덕순은 물속에 들어가 실컷 울었다. 함께 수영을 시작한 젊은 사람들이 모두 중급반 레인으로 옮겨 갔을 때에도 덕순은 초급반에 남았다. 입으로 숨 쉬고 코로 내쉬고. 물속 호흡법은 지상의 그것과는 정반대였다. 하지만 뱃속의 천불을 다스리려면, 거꾸로 된 이치를 반드시 익혀야 했다. 태호가 유치원에 다닐 무렵 덕순은 중급반으로 옮겼다. 그리고 초등학교에 들어갈 무렵에는 자배평접, 모두 마스터한 고급반 왕언니가 되었다.

*

태호가 일러 준 슈퍼마켓 앞에서 큰딸과 함께 택시에서 내렸다. 딸이 가게 안에서 수박을 고르는 동안 골목 끝에서 태호가 나타났다.

태호야, 이모랑 같이 왔다.

이모? 어디 이모?

태호가 고개를 두리번거렸다.

어디 이모는! 니 진짜 이모는 딱 한 사람뿐이지.

슈퍼에서 나온 딸이 태호를 보자 호들갑을 떨었다.

이야! 태호 많이 컸네. 다른 데서 만나면 못 알아보겠어! 이게 얼마만이지? 태호 중학교 1학년인가, 그때 이후로 못 본 거 같아.

무르춤하던 태호가 딸을 향해 어색하게 인사했다.

이모 모르겠어? 희준이 형, 희진이 누나, 엄마야. 생각 안 나?

아, 네. 생각나요.

태호가 비위 좋게 웃었다. 팔꿈치에서 걷어 올린 흰색 와이셔츠와 검정색 양복바지를 입은 태호가 앞장서서 걸었다. 골목을 꺾어 들자 원룸 건물 한 동이 나타났다. 어둑한 계단을 올라 3층에 이르자 좁은 복도 양옆에 다닥다닥 출입문들이 늘어서 있었다. 태호가 초인종을 누르자 안에서 문이 열렸다. 며칠 전에 봤던 여자애가 어린것을 안고 나와 인사했다.

좁디좁은 현관에 각종 신발이 흩어져 있었다. 신발장이 없는 탓에 신발이 모조리 나와 있는 듯했다. 현관 벽면에 반투명 플라스틱 박스들이 쌓여 있고, 생뚱맞게도 큼지막

한 항아리 단지 두 개가 놓여 있었다. 실내에서 악취가 풍겨 왔다. 냄새의 진원지는 현관 입구에 놓인 100리터짜리 쓰레기 종량제봉투였다. 벌어진 주둥이 사이로 일회용 종이 기저귀, 플라스틱 병, 우유 팩, 신문지 등이 함부로 뒤섞여 있는 게 보였다.

큰딸이 조용히 한숨을 내쉬었다. 덕순 역시 눈앞에 펼쳐진 광경에 입을 다물었다. 밤낮으로 그곳에 놓여 있을 법한 매트리스가 이불과 함께 구석에 깔려 있고, 가구라고는 비닐 옷장, 소형 텔레비전, 반투명 미닫이문 너머의 미니 냉장고가 전부였다. 태호 것으로 보이는 흰 와이셔츠가 옷걸이에서 말라가고 있었다. 바닥에 뒹구는 플라스틱 장난감 몇 개와 곰 인형, 대형 기저귀 봉지가 이곳에 어린애가 살고 있다는 사실을 상기시켰다. 덕순과 딸이 들어서자 실내가 꽉 찼다. 아이가 손님들을 쳐다보며 매트리스 위에서 통통 뛰었다.

승환아, 배꼽 인사!

어미 말이 떨어지자 아이가 허리를 90도로 굽혔다.

아가.

덕순이 팔을 벌리자 아이가 품 안으로 뛰어들었다. 온몸이 찐득했다. 웃통을 벗은 채 기저귀만 차고 있는 아이의 몸을 덕순이 이리저리 어루만졌다. 덕순의 눈길이 애틋

했다.

그거, 이리 줘 봐라.

미닫이문 너머에서 수박을 앞에 두고 쩔쩔매는 여자애를 보고 덕순이 부엌칼을 넘겨받았다. 좁은 공간에 비해 수박덩이가 지나치게 컸다. 덕순은 접이식 밥상 위에 수박을 올려놓고 잘랐다.

수박을 한쪽만 잘라야지 이렇게 앞뒤 꼭지 다 잘라 버리면 어떡하냐?

덕순이 지청구했다.

이러니 살림은 어찌 살꼬.

덕순이 수박을 갈무리하는 동안 큰딸이 이것저것 물었다. 원룸은 보증금 백에 월세 삼십오만 원이라고 했다. 태호가 주급을 받는 대로 옷장 위 플라스틱 통에 돈을 넣어 두고, 필요할 때마다 둘이서 꺼내 쓰고 월세를 낸다고 했다.

그럼 저금은 한 푼도 안 한단 말이냐?

덕순이 힐난하듯 묻자 딸이 대꾸했다.

엄마도 참, 이 상황에서 어떻게 저축을 해요?

그래도 그런 게 아니다. 매달 단돈 만 원이라도 저금이란 걸 해야지. 그래야 미래가 있는 법이지.

어른들이 이야기하는 동안 어린것은 바지런히 몸을 놀렸다. 좁은 방과 미닫이문 건너를 정신없이 왔다 갔다 하며 뛰었다. 쉿, 쉿. 여자애가 입술에 연신 손가락을 갖다 댔다. 이웃들이 시끄럽다며 불평한다고 했다. 잠시 주춤하던 아이는 매트리스 위로 올라가 다시 발을 굴렀다.

덕순이 여자애에게 말했다.

이왕 이렇게 됐으니 끝까지 함께 살아야 한다. 너 혹시라도 나중에 집 나갈 거면 아예 지금 나가 버려라.

딸이 얼굴을 찌푸렸다.

엄마도 참, 지금 무슨 말씀 하시는 거예요?

아니다. 내가 오늘 꼭 다짐을 받아야겠다. 혹시라도 이것들이 갈라서면 애는 앞으로 어쩔 것이냐.

여자애가 냉큼 대답했다.

그럴 일 없을 거예요. 저도 엄마한테 상처를 많이 받아서요.

어릴 때 엄마가 집을 나가서 남매가 할머니 손에서 자랐다고 했다. 엄마가 왜 집을 나갔냐고 덕순이 묻자, 바람나서, 라고 여자애가 아무렇지도 않게 대답했다. 덕순이 혀를 찼다.

딸은 엄마를 보고 배우는 법인데.

아이참, 엄마!

큰딸이 덕순에게 핀잔을 줬다.

어째 불쌍한 것들은 꼭 끼리끼리 만날꼬.

덕순이 중얼거렸다.

태호가 자리에서 일어섰다. 출근시간이라고 했다. 입고 있는 흰 와이셔츠와 검정색 양복바지가 출근복인 듯했다. 덕순도 함께 원룸을 나섰다. 현관 밖에서 딸이 핸드백에서 흰 봉투를 꺼내 여자애에게 내밀었다. 고맙습니다. 여자애가 겸연쩍어하면서도 고개를 숙여 봉투를 받았다. 며칠 전 덕순이 봉투를 건넸을 때에도 여자애는 같은 행동을 했다.

쓰레기는 분리수거 하고, 봉투는 작은 걸 사다가 그때그때 버려라. 썩은 내가 진동하는구나.

덕순의 잔소리가 이어졌다.

*

원룸을 다녀온 후 여자애는 태호가 잠든 낮 시간에 아이를 데리고 덕순을 찾아오곤 했다. 밥상을 차리고 아이의 재롱을 보는 건 즐거웠다. 하지만 어린 손님들이 떠나고 나면 덕순은 은근히 안도의 한숨을 내쉬었다. 이젠 모든 게 힘에 부쳤다. 관절 수술 이후 부실해진 다리를 끌고 장을 보고 음식 준비를 하는 것도, 펄쩍펄쩍 뛰길 좋아하는 투실한 아이를 안아 주는 일도 기력이 달렸다. 점심 무렵에 수영장에서 돌아와 거실에서 고즈넉한 기분을 느꼈던 시간이 그립기까지 했다.

두 번째 방문 때 여자애는 덕순에게 아이를 맡기고 외출했다가 돌아왔다. 외출에서 돌아온 여자애의 얼굴에 광채가 났다. 초롱초롱한 눈망울이 물기를 머금은 듯 반짝거렸다. 옛 친구들을 만났다며 여자애가 조잘거렸다. 그 다음 번에 여자애는 현관에서 아이만 건네주고 나갔다가 돌아왔다. 네 번, 다섯 번. 방문이 늘어날수록 여자애가 외출에서 돌아오는 시간이 차츰 늦어졌다. 그리고 어느 날, 덕순에게 아이를 맡기고 떠난 여자애는 영영 돌아오지 않았다.

덕순은 열한 번째 아이를 키우기 시작했다. 태호는 간간이 전화를 걸어 아이의 안부를 물었다. 할머니, 우리 아들 오늘도 잘생겼어? 덕순의 한숨이 깊어졌다. 이 일을 어찌할거나. 일흔다섯, 덕순의 장탄식이 길게 이어졌다.

불안은 영혼을,

수정은 카페 유리문을 밀고 들어섰다. 학교 순환버스를 타고 종점인 지하철역에서 내려 우두커니 서 있다가 충동적으로 들어선 참이었다. 카페 이름이 블루마운틴이었다. 우울한 산인가, 푸른 산인가, 아니면 커피의 종류인가. 자신도 모르게 떠오르는 생각들에 그녀는 피식 웃었다. 직업 탓인지 일상적인 단어조차 그냥 지나치지 못했다. 비문이라도 눈에 띄면 걸음이 딱 멈춰졌다. 수정은 주문한 커피를 들고 창가 좌석에 가 앉았다. 방금 빠져나온 면접 심사장에서처럼 얼굴이 홧홧거렸다. 수정은 양 볼을 손바닥으로 누르며 창밖을 바라보았다. 첫눈이라도 오려나. 검은 구름장이 하늘에 낮게 걸려 있었다.

익숙한 허탈감이 밀려들었다. 정수리에서 발끝까지 순식간에 몸속이 텅 빈 것 같았다. 물은 셀프입니다. 벽에 붙은 안내문에서 조롱기가 느껴졌다. 수정은 당당하게 말하지 못했다. 물은 자아가 아닙니다. 면접 심사장에서 수정에게 던져진 첫 질문은, 결혼은 했습니까? 였다. 당황한 그녀가 얼버무리며 대답하자 학과 홈페이지에서 사진으로 봤던 얼굴이 아이고, 큰일이네, 했다. 이어서 그는 나란히 앉은 다른 세 사람의 면접관들에게 낮은 목소리로 뭐라고 농담을 건넸다. 수정의 귀가 멀지 않았다면, 우리 대학에서는 결혼 안 한 사람은 뽑지 말아야 해, 였다. 대학본부 건물 2층의 심사장을 빠져나온 순간 수정은 저절로 알 수 있었다. 자신이 탈락했다는 사실을. 이번에도 역시 젊고 경쟁력이 있거나 혹은 든든한 네트워크를 가진 누군가를 위한 들러리 역할을 했을 뿐임을.

애초부터 기대를 했던 건 아니었다. 오히려 면접시험 대상자에 자신이 포함됐다는 사실이 의아하기까지 했다. 내세울 것 없는 지방대 졸업장을 가진 마흔을 훌쩍 넘긴 여자였다. 게다가 해당 학교 출신도 아니었고 지원 학과에 안면 있는 교수가 버티고 있는 것도 아니었다. 사람들로 꽉 찬 심사 대기실로 들어섰을 때에야 수정은 자신이 포함된 이유를 알 것 같았다. 계약직 교원의 면접 대상자는 모집 인원의 3배수였다. 다수의 학과에서 채용공고를 낸 탓인지 대기실에는 각양각색의 사람들이 모여 있었다. 수

십 년 동안 시간강사로만 떠돌았을 게 분명한 사람들이 맨 먼저 눈에 띄었다. 정수리가 벗어지고 아랫배가 나온 피로에 지친 남자들과 앞머리로 애써 가린 이마의 주름이 무색할 정도로 한눈에도 나이 지긋해 보이는 여자들이었다. 수정은 거울 속 자신의 얼굴을 대면한 듯 흠칫 놀라 고개를 돌렸다. 실내에는 전류가 흐르듯 묘한 긴장감이 팽팽하게 흐르고 있었다.

수정은 창밖에서 시선을 거두어들였다. 차츰 온몸이 떨려 왔다. 카페의 탁자와 의자들, 탁자를 사이에 두고 두런두런 이야기를 나누는 사람들, 예고 없이 들려오는 휴대폰 벨소리들. 주변의 모든 것이 가슴을 압박하고 짓눌렀다. 수정은 의자에서 일어섰다가 다시 주저앉았다. 허공에서 쿵쿵 심장 소리가 들렸다.

수첩을 꺼내 날짜를 확인했다. 그에게 전화한 지 7일째, 만난 지는 13일째. 너무 빠르지도 늦지도 않다는 생각이 들었다. 휴대폰 숫자를 누르는 동안 심장은 더욱 거세게 뛰었다.

-아, 예.

그는 짧은 감탄사로 대답했다. 주위가 소란스러웠다. 남자들과 여자들의 웃음소리가 섞여 있었다.

-잘 지내십니까?

정중하게 안부를 묻는 목소리가 사무적이면서도 경쾌했다. 동료들과 회식이라도 하는 걸까. 목소리 톤이 평소보다 한 옥타브 올라가 있었다. 주위에서 다시 왁자한 웃음소리가 터졌다. 통화 중에도 신경은 온통 좌중의 대화에 쏠려 있었는지 그가 허허 하며 따라 웃었다. 수정은 말문이 막혔다. 그녀는 말없이 웃음소리가 그치기를 기다렸다. 웃음을 그친 그는, 조금 있다가 전화할게요, 하고 전화를 끊었다.

어둑어둑한 창밖에서 희끄무레한 것들이 휘날렸다. 카페 실내에서 웅성거리는 소리가 들렸다. 눈이다. 첫눈이다. 짧은 탄성이 들렸다.

이번에 임용지원서를 제출했다는 사실을 그에게 말하지 않았다. 그래서 그는 오늘이 최종 면접일이라는 사실을 몰랐다. 은퇴한 지도교수에게도 알리지 않고 수정은 조용히 지원 절차를 마무리했다. 2년짜리 계약직 강의전담교원제도는 시간강사 제도를 보완하기 위한 것이 아니었다. 그저 명칭을 달리한 또 다른 시간강사 제도일 뿐이었다. 재계약이 불가능했고 이 년 후엔 계약이 종료됐다. 하지만, 하고 수정은 생각했다. 오늘이 면접일이라는 사실을 알았더라면 그는 좀 더 다정하게 전화를 받았을까. 휴대폰을 들고 왁자한 회식 자리를 벗어나 조용한 장소로 가서 그녀에게 부드러운 위로의 말을 건넸을까.

그는 자주 수정과의 약속을 잊었다. 여보세요? 잘 안 들립니다. 어떤 날은 휴대폰끼리의 교신이 이루어지지 않기도 했다. 여보세요? 잘 안 들리세요? 그가 뒷걸음질친다는 걸 감지할수록 수정은 그에게 더욱 집착했다. 그 순간이 아니라면 영원히 그를 만날 수 없을 것만 같은 초조함에 안절부절못했다. 날 꼭 잡아 주세요. 내 마음의 중심이 되어 주세요. 그가 했던 첫 고백의 순간을 되새기고 또 되새겼다. 며칠 째 연락이 닿지 않던 어느 날, 그녀는 휴대폰에 음성메시지를 남겼다. 저, 수정인데요. 연락이 안 되어서요. 전화 주세요. 그녀는 덧붙였다. 제발. 하지만 다음 날도 그다음 날도 그는 연락하지 않았다. 수정은 다시 전화번호를 눌렀다. 낭랑한 여자 목소리가 들렸다. 네, 이정수 선생님 핸드폰입니다. 수정은 대답하지 않고 재빨리 전화를 끊었다.

조금 있다가 전화할게요. 그는 분명 그렇게 말했다. 수정은 제멋대로 뛰는 가슴을 누르고 읽을거리를 찾아 가방을 뒤졌다. 파일묶음이 손에 잡혔다. 면접 준비를 위해 대학 홈페이지에서 출력한 총장 메시지, 건학이념, 교시 등이었다. 우리 대학교는 새로운 시대에 능동적으로 대처할 지적 창의성을 갖춘 동시에 다른 이를 배려할 줄 아는 따뜻한 마음을 지닌 인재를 양성할 것입니다. 글자들이 제멋대로 춤을 추어 더 이상 읽을 수 없었다. 수정은 뜨거워진 이마를 손바닥으로 눌렀다. 창밖으로 제법 굵은 눈발이 쏟아지고 있었다. 둥글고 흰 눈송이가 낮게 내려앉은 하늘을 뒤덮었다. 카페 손님들 몇몇이 창가에 서서 바깥을 내다보고 있었다.

수정이 마지막으로 면접시험을 치른 건 팔 년 전이었다. 알쏭달쏭한 조건의 일 년짜리 계약직 교원자리였다. 자격요건이 석사학위 소지자 이상이었다. 연봉이 형편없었고 타 대학 강의마저 금지하는 조건이었지만 학과 강사들은 서로에게 쉬쉬하며 지원서를 제출했다. 1차 서류심사에서 걸러진 강사들과 공개강의 대기실에서 마주쳤을 때 수정은 그들을 외면했다. 고개를 숙이거나 눈길을 피하기는 그들도 마찬가지였다. 서로 멀찍이 떨어져 앉아 이미 다 외운 강의 개요를 들여다보고 또 들여다보았다. 공개강의가 끝나고 3차 면접 대상자에 포함되었다는 통보를 받았을 때 수정은 엄마에게 그 소식을 전했다. 서러웠던 세월이 당장이라도 보상된 것처럼 엄마는 눈물 콧물을 찍어대며 청승을 떨었다. 이제야 우리 딸이 정식 교수가 되는구나. 우리 박사딸이…. 엄마는 대학에서 강의하는 사람은 모두 교수이고, 대학원에 다니는 사람은 모두 박사라고 생각했다. 석사학위를 받은 수정이 몇 년째 이곳저곳으로 강의를 하며 돌아다닌다는 사실을 아는지 모르는지, 우리 교수님, 우리 박사님, 하고 딸을 불렀다.

언젠가 수정이 강사와 교수의 차이점에 대해 설명하려 들자 엄마는, 나도 텔레비전 봐서 다 안다. 넌 비정식 교수라는 거지? 하고 말했다. 수정은 피식 웃었다. 대학노조에서 사용하는 비정규교수라는 호칭과 엄마가 말한 비정식 교수가 닮아서였다. 수정은 비정규교수노조회에 가입하지 않았다. 그래서 뭘 어쩌자는 건가. 힘없는 강사들끼리 뭉쳐서 시간당 천 원, 이천 원쯤 강의료를 올려 본다 한들 근본적인 처우가 달라지지는 않을 것이었다. 어쩌다 타 대학 시간표와 중복되어 할당된 강의를 거절이라도 하는 날이면, 그 학교와의 인연은 그걸로 끝장인 게 강사 인생이었다. 학기말 성적 입력이 끝나기가 무섭게 다음 학기 강의를 위해 동아줄이 될 만한 교수를 찾아가 머리를 조아리고, 가끔은 노래방에서 학과교수를 오빠, 오빠, 라고 부르는 제자들 틈에 끼어 유행하는 걸그룹의 최신 노래를 합창하는 데에 합세해야 했다.

팔 년 전 최종면접에서 탈락했을 때, 수정은 더 이상 박사과정 입학을 미룰 수 없다는 걸 알았다. 수술을 아무리 잘해도 면허증 없으면 돌팔이 의사로 불릴 뿐이야. 하루

하루 얼굴 주름 늘어 가지. 글로벌한 배경 갖춘 후배들 치고 올라오지. 우선 쯩이 필요해. 쯩! 하고 외치는 선배의 충고를 뒤늦게 새겨들어서가 아니었다. 외국 학위나 수도권 학위가 아닌 한 미래를 기약할 수 없다는 사실쯤 잘 알고 있었다. 그저 기력이 부족했다. 수년간 해 온 강의가 아니라면 도대체 뭘 해서 생계를 유지해야 하는지 알지 못해서였다. 수정에게는 물이 흘러내리는 방향을 차고 거슬러 올라갈 그 무언가가 부족했다. 더욱이 애써 물결을 뒤집어 거슬러 올라간다 한들 도대체 어느 방향 어떤 장소로 나아가야 한단 말인가.

초등학교를 졸업한 게 학력의 전부인 엄마는 어린 수정이 설거지라도 거들라치면 손을 휘휘 내저으며 부엌에서 내몰았다. 넌 공부나 해라. 이깟 살림, 해도 그만 안 해도 그만. 덕분에 수정은 세상물정 모른 채 오로지 공부만 했다. 중학교 시절, 선생들은 참고서 몇 개를 짜깁기해 시험문제를 출제했다. 수정은 참고서의 문제와 답을 완벽하게 외웠다. 취약했던 수학 역시 문제와 답을 통째로 외우는 방법을 택했다. 하지만 고등학교에 진학한 후부터 수정은 더 이상 전교 일등의 명예를 누릴 수 없었다. 과목마다 참고서의 종류가 열 몇 가지가 됐고, 애써 구한 시험지 족보의 분량도 엄청나게 많았다. 도대체 선생들이 시험문제를 어디 어디에서 베끼는지 도저히 파악할 수 없었다. 중학교 시절에 경험한 전교 일등의 영광은 수정에게 엄청난 스트레스를 안겨 주었다. 성적에 대한 열등감과 자괴감에 빠져 있느라 여전히 세상물정과 집안 사정에 어두웠다. 내신 삼 등급으로 지방 국립대에 입학했을 때 상고를 졸업한 후 은행에 취직했던 오빠는 대리가 되었다. 수정이 대학을 졸업할 무렵 오빠는 다니던 은행에서 명예퇴직했다. 수정은 오빠의 퇴직금 일부를 대학원 입학금으로 냈다. 엄마는 여전히 말했다. 넌 공부나 해라. 이깟 살림, 해도 그만 안 해도 그만.

엄마가 중학교라도 졸업했더라면, 오빠가 상고 대신 인문계 고등학교에 진학해서 대학을 다녔더라면, 엄마가 수정에게 끊임없이 헛된 희망을 불어넣지 않았더라면, 팔 년 전 수정이 면접시험에서 불합격하지 않았더라면, 서른 중반을 넘긴 그해 가을 그녀가 유난히 우울한 심사에 사로잡히지 않았더라면…. 만약 그랬더라면 수정은 뒤늦게 모교의 박사과정에 입학하지 않았을 것이고, 그해 갓 임용된 그를 만나게 되지 않았을 것이다.

그는 끝내 전화를 걸어 오지 않았다. 물은 셀프입니다. 벽에 붙은 문장이 저희들끼리 쑥덕거리며 수정을 비웃었다. 이즈음 뒤풀이 자리에 모인 학과 강사들이 자신을 안주 삼아 씹어 댄다는 걸 수정은 알고 있었다. 사람들이 자신을 스토커라고 부른다는 사실도. '얌전한 고양이 부뚜막에 먼저 오른다'는 고전적이고 점잖은 비유였다. '권력 지향형의 해바라기'는 은유적이었다. '전도유망한 젊은 교수한테 들러붙어 앞날을 가로막는 찰거머리'가 가장 상상력이 빈약했다. 상대를 위하는 척 술자리에서 오간 대화를 생생하게 전달하는 동료 강사에게 니들이 도대체 뭘 아느냐고 수정은 항의할 수가 없었다. 그저 상대방을 쳐다보다가 얼굴을 돌리는 수밖에 없었다.

온몸의 기운이 스멀스멀 빠져나갔다. 카페 벽면에 붙은 문장은 여전히 수정을 내려다보며 비웃었다. 물은 자아입니다. 수정은 그 누구에게도 당당하게 말하지 못했다. 물은 자아가 아닙니다, 라고.

*

정수는 뿜연 담배 연기 사이로 그녀를 바라보았다. 그녀의 상체가 흐릿한 실루엣으로 뭉개졌다. 후, 하고 그는 담배 연기를 내뿜었다. 그녀가 다시 흐릿해졌다. 이런 순간의 그녀가 가장 좋다고 정수는 생각했다. 현실세계에서 뚜렷하게 느껴지지 않는 존재감이야말로 그가 진정으로 원하는 그녀의 무게였다.

그녀에게 말한 적 없지만 정수는 삼 년 전에 담배를 끊었다. 동료 교수나 친척들 사이에서 그는 성공적으로 금연을 실천한 인물로 꼽혔다. 하지만 그녀를 만날 때마다 그는 편의점에 들러 담배를 샀다. 어쩔 수 없었다. 등을 곧추세우고 초조한 얼굴로 상체를 45도 각도 앞으로 기울이는 그녀를 바라보고 있노라면 담배 생각이 간절해졌다. 그녀와 헤어져 집으로 돌아갈 때면 정수는 미련 없이 담뱃갑을 쓰레기통에 던졌다.

-미안해요.

정수는 어제 일을 사과했다. 그녀와의 약속이 생각난 건 저녁 식사를 마치고 딸아이와 막 모노폴리 게임을 시작하려던 참이었다. 아차, 싶었다. 하지만 모처럼 일찍 퇴근한 아빠에게 칭얼거리며 매달리는 아이를 실망시키고 싶지 않았다. 주방에서 설거지를 하면서 간간히 거실 쪽을 바라보며 미소 짓는 아내도 무시할 수 없었다. 주사위를 굴려 땅을 매입하고 건물을 짓고, 파산에 대비해 여유자금을 마련하는 데 골몰하는 동안 찜찜하고 개운치 않은 기분은 곧 사라졌다.

그녀는 탁자 위의 물을 단숨에 들이켰다. 정수는 죄책감으로 가슴이 쓰라렸다. 누구라도 이런 모습의 그녀와 마주 앉는다면 자신의 죄를 용서받고 싶어질 것이다. 온

우주에 단 한사람만이 존재한다는 듯 열렬히 상대에게 집중하고, 깊은 갈증을 달래느라 쉴 새 없이 물을 들이키는 그녀. 순간, 뜨거운 충동이 정수의 전신을 훑고 지났다. 온몸의 핏줄기가 다리 사이로 쏠렸다.

그녀가 다시 물컵을 비웠다.

-전화하지 그랬어요? 안 오면 전화를 해야지 무작정 기다리기만 하면….

-그래요?

핼쑥해진 그녀의 얼굴을 본 순간 아차 싶어 입을 다물었다. 정수는 근무시간 외에 걸려 오는 그녀의 전화를 받지 않았다. 처음엔 별 다른 뜻이 없었다. 퇴근 후 집에서 몇 번, 저녁 식사를 겸한 회식자리에서 몇 번, 불편했던 순간에 전화를 받지 않았을 뿐이었다. 그 후 그녀는 평일 근무시간에 그것도 주로 학교 내선번호로만 전화를 걸어 왔다. 주말이나 휴일에 연락하는 일도 없었다.

그녀와의 관계가 이렇게까지 진전되리라고는 전혀 예상치 못했다. 나이가 불과 두 살 아래라고는 해도 그녀는 엄연히 제자였고, 그가 학위 논문심사를 맡았던 학생이었다. 그녀가 뒤늦게 박사과정에 입학하던 해, 정수는 어렵사리 모교에 자리를 잡았다. 서른아홉에 모교의 정년트랙 전임강사로 임용된 건 천운이었다. 사실, 정수 편에서도 모든 노력을 다했다. 유학 중에도 지도교수는 물론 학과의 다른 교수들과도 긴밀한 관계를 유지했고, 귀국 전후로는 각종 학회지에 미친 듯이 논문을 발표해서 임용에 유리한 조건을 만들었다. 귀국 후 정수는 2년 가까이 지방 학회의 총무간사 자리를 두 개나 맡았다. 교수들의 편의를 봐주며 그들의 논문 위주로 학회지를 발간했고, 학회 세미나 일정이며 발표자 선정, 학회비 독촉 이메일, 다과 준비와 청중 동원까지, 온갖 뒤치다꺼리며 자질구레한 일을 도맡아 했다. 아내의 역할도 빼놓을 수 없었다. 망설이는 정수의 등을 떠밀어 미국 유학을 강행하게 했고, 혼수 대신 가져온 넉넉한 자금으로 딸아이를 키우며 그의 유학 뒷바라지를 했다. 귀국 후에는 지도교수 댁을 들락거리며 집안 청소며 김장까지 거드는 눈치였다. 아내가 없었다면 임용은 영영 불가능한 프로젝트가 되었을 거라고 정수는 종종 생각했다.

임용 첫해, 학술 세미나를 겸한 하반기 대학원 신입생 환영회에서 정수는 그녀를 처음 보았다. 눈에 띌 만한 외모가 아니었고, 신입생들이 돌아가며 자기소개를 할 때 말투도 어눌한 편이었다. 한 가지, 본교 학부 출신이라는 점이 기억에 남았다. 정수보다 두 학번 아래이니 오래전 캠퍼스에서 한 번쯤 마주쳤을 법도 했다. 신입생들 중에는 그녀처럼 나이 든 여자들이 많았다. 지방대 대학원의 고령화와 여성화 현상은 실로 우려할 만한 수준이었고, 이공계보다는 당연하게도 인문사회계에서 점점 늘어나는 추세였다. 직장을 다니다 실직했거나 이런저런 이유로 대학원 간판이 필요해서 입학한 경우는 그나마 다행이었다. 남편에 대한 성적 불만을 학문에 대한 갈증이라고 착각하는 여자들의 경우가 가장 나빴다. 필요한 건 대학원이 아니라 남성 호르몬이 풍부한 건장한 애인이라고 말해 주고 싶을 지경이었다. 꽃무늬 원피스를 차려입은 나이 든 여자가 '예쁘게 봐주세요'라고 인사말을 했을 때 정수는 저도 모르게 고개를 돌렸다.

그녀는 매 학기 정수가 강의하는 교과목을 빠짐없이 수강했다. 일 년 단위로 비슷비슷한 전공강좌를 개설하는 게 학과의 관례였지만, 정수는 그녀가 박사과정에 있었던 4학기 동안 매 학기 새로운 교과목을 강의했다. 학과에서는 초임 교수의 열정쯤으로 여기고 오히려 격려하는 분위기였다.

어쩔 수 없었다고 정수는 이따금 생각한다. 강의시간마다 자신을 똑바로 응시하며 깊고 깊은 갈망의 눈길을 던지는 그녀를 어떻게 거부할 수 있었단 말인가. 강의시간이 되면 쿵쿵 가슴이 거세게 뛰었다. 사막처럼 건조했던 유학

생활과 임용을 앞두고 전쟁터를 누비는 듯한 긴장 속에서 살았던 세월이 한꺼번에 보상받는 기분이었다. 그녀와 함께 있으면 자신이 세상에서 가장 존귀한 자가 된 것 같았다. 지방대 학부 출신이라는 콤플렉스도, 임용 전 다른 교수들에게 애완용 강아지처럼 굴며 딸랑거렸던 치욕의 기억도, 막강한 배경의 처가에 짓눌려 남모르게 다쳤던 가슴 속의 결도 서서히 치유되는 것 같았다. 자신을 교주로, 신앙으로 여기는 여자가 지상에 꼭 한 사람쯤은 존재해야 하는 건지도 몰랐다.

인간은 본능적으로 자신에게 매혹당한 상대에게 매혹된다고 정수는 생각하게 되었다. 혹시 인간이 가장 매혹당하는 상대는 바로 자기 자신이 아닐까. '사랑은 리비도의 집중', '사랑은 오인'이라는 정의들 역시 아마도 옳을 것이다. 그녀를 만나고부터 정수는 사랑에 관한 모든 어지러운 논리들을 수긍하게 되었다.

정수는 다리를 꼬고 새 담배에 불을 붙였다. 의자 등받이에 상체를 깊숙이 밀어 넣고 서서히 연기를 내뿜었다. 가벼운 현기증이 일었다. 오늘만큼은 식사나 드라이브 따위를 생략하고 곧장 도시 외곽의 호텔로 가고 싶지만 당장 어제 일을 사과하고 매듭짓는 게 급선무로 보였다.

정수는 종종 그녀와의 약속을 잊었다. 전화하기로 해

놓고 깜박 잊는다거나, 어제처럼 만나기로 한 약속 자체를 까맣게 잊어버리는 일도 생겼다. 내가 왜 이러지? 정수는 즉시 반성했으나 건망증은 좀체 나아지지 않았다.

-사람이 기다리잖아요. 걱정도 되고….

-언제까지… 있었어요?

-12시. 커피숍 문 닫을 때까지요.

그녀는 몇 마디 경제적인 말로 자신을 표현할 줄 알았다. 문장의 사이사이, 또는 토막 난 단어 몇 개만으로 자신의 의중을 정확히 전달했다. 간혹 전화를 걸어 놓고 말을 더듬는다거나 숨소리만 낸다거나 할 때가 있었는데, 그건 이를테면 그녀 식의 대화법이었다. 보고 싶다, 지금 만나고 싶다는 의미였다. 다른 여자들처럼 콧소리를 내거나 감정을 과장하지 않고도 뜨거운 감정을 표현하는 그녀가 정수는 사랑스러웠다. 에둘러 말하거나 꾸밈말을 할 줄 모르는 그녀의 어법은 이제는 얼굴도 목소리도 지워져 버린 여자, 영은의 어법이기도 했다.

-요즘 정신이 좀 없어요. 알다시피 프로젝트가 걸려 있고, 이달 말까지 논문도 보내야 하고.

-….

오늘따라 그녀의 굳은 표정이 쉽게 풀리지 않는다. 최근 들어 비슷한 실수를 반복했기 때문인 것 같았다. 이상

한 일이었다. 그녀를 만날 때마다 다시는 마음 아프게 하지 말아야지 다짐하고 또 다짐하지만, 일상으로 복귀하는 순간 그녀에 대해 깡그리 잊어버리는 일이 잦았다. 그렇게 까맣게 잊고 있으면 그녀가 전화 연락을 해 왔고, 아차, 하며 약속장소를 정했다. 어쨌든 그녀의 기분을 풀어주어야 했다. 정수는 화제를 돌렸다.

-참, 최희원 씨와는 자주 연락하나요?

-네.

-통화한 적이 있어요. K씨 전화번호 좀 알아보려고.

-걘 잘 모를 텐데요.

-네. 잘 모르더라고요.

-희원이와 얘기는 좀 했어요?

그녀가 무표정한 얼굴을 들어 정수를 바라보았다. 동공이 텅 비어 있었다. 정수는 깜짝 놀라 시선을 피했다. 저 표정, 이라고 정수는 생각했다. 상대에게 무섭게 집중하다가도 어느 순간 세상의 모든 끈을 탁 놓아 버린 듯 무심해지는 저 표정. 얼굴도 목소리도 희미해졌지만 가슴 저미는 표정으로 뇌리에 박혀 있는 여자, 영은에게서 보았던 낯익은 표정이었다. 정수는 그녀의 얼굴에서 영은의 표정을 보게 될 때마다 죄책감에 시달렸다. 자신의 죄를 용서받고 싶었다.

-벼, 별로요. K씨를 잘 모르는 것 같아서, 그, 금방 끊었죠.

정수는 황급히 고개를 숙이고 후식으로 나온 커피를 마셨다. 그날 왜 하필 최희원에게 전화했는지 스스로도 이유를 알 수 없었다. K씨 전화번호라면 지역 미술협회 홈페이지에 접속하는 게 더 간단했을 것이다. 그런데 갑자기 최희원이 머릿속에 떠올랐고, 뭔가에 홀린 듯 그녀의 명함을 부랴부랴 찾아내서 전화를 걸었다. 서양화를 전공한 최희원은 작년에 예체능 협동과정 대학원에 입학했다고 했다. 서른 살이었고 분위기가 꽤 독특했다. 뭐랄까. 길들여지지 않은 야생동물 같다고나 할까. 눈에 띄게 예쁘거나 날씬하지 않았지만 착 달라붙는 원색의 민소매와 미니스커트를 과감하게 입을 줄 알았고, 그런 이유로 남자들을 사로잡는 성적 매력을 풍겼다. 배를 타고 올라앉은 절정의 순간 어떤 표정을 지을까, 궁금증을 불러일으키는 여자였다. 목덜미에 코를 박으면 뽀송하고 비릿한 애완동물의 터럭 냄새가 날 것 같은 여자였다.

-키가 작죠?

정수는 최희원을 눈앞에 떠올리며 물었다.

-네. 저보다 작아요.

그녀가 한 손을 들어 귀 언저리에 갖다 댔다.

-요즘 어떻게 지낸대요?

정수는 최희원의 근황에 대해 물었다. 도시 근교의 식당에서 만나 식사를 하고 커피를 마시는 동안 처음으로 어색한 분위기를 떨쳐 낼 수 있었다. 정수의 목소리가 흥분으로 가볍게 떨렸다. 손짓 발짓이 과장되게 움직였다. 최근에 열었던 개인전이 평단의 주목을 받지 못 해 최희원이 의기소침해 있다는 소식을 들었을 땐 아아, 그랬군, 나직이 탄식하며 한숨을 내쉬었다.

-작년에 J시 학회에서 최희원 씨를 처음 만났어요. 참, 그때 J시 학회에 왔었나요?

-…?

그녀가 창백한 얼굴로 정수를 물끄러미 바라보았다. 정수는 그제야 아차, 하고 깨달았다. 작년 가을, J시 학회에서 첫날 일정을 마친 뒤 정수와 그녀는 남몰래 J시를 빠져나갔다. 모처럼 둘이서만 온전히 밤을 보낸 날이었다. 흥분 때문인지 뭔지 모를 서러움 때문인지 그녀는 자다가 깨어나 울음을 터트렸다. 정수는 그런 그녀를 정성껏 애무하고 사랑했다. 다음 날 정수는 J시로 돌아가 학회의 둘째 날 행사에 참석했고, 그녀는 곧장 P시로 돌아갔다.

고개를 숙인 그녀는 말이 없었다. 내부 깊숙한 곳으로

우울하게 가라앉은 그녀의 모습이 애처로웠다. 정수는 어떤 식으로든 그녀에게 상처를 주고 싶지 않았다. 그런 마음은 아내나 딸아이에게도 결코 상처를 주지 않겠다고 결심했던 것만큼이나 순수한 그의 진심이었다. 그녀는 그동안 완벽한 연인이었다. 누가 누구의 숨은 연인인지 전선줄처럼 복잡하게 얽혀 있는 세상에서 그녀는 정수를 향해 줄곧 투명했다. 끊임없이 그의 기분을 살폈고, 조금이라도 싫은 기색을 내비치면 그것이 무엇이든 즉시 포기했다. 하지만 그녀의 열정과 집중이 귀찮고 부담스럽기도 했다. 무릇 인간관계란 일정한 거리와 속도를 유지해야 하는 건지도 몰랐다. 그녀를 만나는 횟수가 거듭될수록 정수는 자신도 모르게 그녀에게 점점 무신경해졌다.

그녀는 고개를 숙이고 침묵을 지키며 앉아 있었다. 정수는 답답했다. 차츰 짜증스런 기분이 치밀어 올랐다. 그는 탁자에 놓인 계산서를 집어 들고 출입문으로 향했다. 계산을 마치고 뒤돌아봤지만 그녀는 미동도 하지 않고 자리에 앉아 있었다. 정수는 얼굴을 찡그리며 그녀를 쳐다보았다. 다음 순간 그는 망설임 없이 식당 유리문을 밀고 나갔다.

*

수정이 추락하는 여자를 목격한 건 늦가을의 어느 날이었다. 낯선 건물의 10층 화장실에서 그에게 휴대전화를 건 직후였다. 그날 수정은 처음으로 창문 아래로 뛰어내리고 싶은 충동을 느꼈다. 압사 직전의 감정 상태가 될 때마다 수정은 구원자에게 매달리듯 그를 찾았다. 증상은 생리주기처럼 일정한 사이클을 두고 찾아왔다. 하지만 시간과 장소를 예측할 수 없었다. 갑자기 손발을 움직일 수 없을 정도로 허탈해지고 무력감이 엄습했다. 기운이 다 빠져나가 버린 전신은 축 늘어졌다. 이마에 땀이 솟고 심장이 쿵쿵 뛰었다.

간밤 꿈에도 수정은 그를 찾아 헤맸다. 꿈속인데도 현실의 어느 순간처럼 그에게 연락이 닿지 않았다. 수정은 휴대폰을 꺼내 번호를 눌렀다. 하지만 아무리 해도 연결이 되지 않았다. 곧 파티가 열릴 거라고 했다. 파티의 주인공은 바로 그였다. 하지만 수정은 초대장을 받지 못했다. 컴퓨터를 켜서 몇 번이고 이메일을 확인했지만 그가 보낸 초대장은 도착하지 않았다. 초대받지 못했다는 사실을 깨닫고 수정은 서럽게 울었다. 눈물로 베개가 축축해졌다. 불안과 동요를 수신하는 부담감. 초대장 대신 그가 수정에게 보낸 이메일 내용이었다.

보도블록에 샛노란 은행잎이 지천으로 깔려 있었다. 오가는 행인들 발에 밟히며 누워 있는 은행잎들이 꼭 자기 자신인 것만 같았다. 수정은 무작정 낯선 건물로 들어갔다. 계단을 따라 올라가다가 정신을 차려 보니 10층 여자 화장실이었다.

수정은 수첩을 꺼내 날짜를 확인했다. 그에게 전화한 지 4일째, 만난 지는 7일째. 너무 빠르지도 늦지도 않다고 서둘러 생각했다.

신호음이 다섯 번 울린 후 그가 전화를 받았다. 휴대폰 화면에 발신자가 뜰 텐데도 여보세요, 했다. 뜨겁게 소용돌이치던 내부의 격랑이 그의 음성을 듣자 거짓말처럼 조용히 가라앉았다. 수정은 신경을 집중했다. 화장실은 고요했고 심장소리만이 쿵쿵 울렸다. 날 좀 도와줘요, 라고 말하는 대신 수정은 말을 더듬었다. 저, 지금 잠깐, 보, 볼 수 있어요? 어이없다는 듯 그가 허허 웃었다. 지금 일하는 중입니다만. 건조하고 사무적인 목소리가 들려왔다. 수정은 알겠다고 대답했다. 그는 다음에 통화하자며 전화를 끊었다.

폭발 직전의 뜨거운 엔진처럼 심장이 빠른 속도로 뛰었다. 수치심과 모멸감이 더해진 자신의 무게를 수정은 더 이상 견딜 수 없었다. 존재가 거추장스럽기만 했다. 수정은 화장실 창문을 향해 빠르게 내달렸다. 창문은 허리께에 맞춤하게 걸렸다. 창문 바깥으로 무표정한 늦가을 풍경이 펼쳐져 있었다. 수정은 창밖으로 상체를 내밀었다. 반짝, 발뒤꿈치를 들었다.

순간, 눈앞으로 희뿌윰한 뭔가가 떨어져 내렸다. 아아아아. 여자의 비명소리였다. 목청을 찢고 존재가 파열되어 터져 나오는 소리. 허공을 가르는 길고 긴 외침이 보도블록 한가운데로 떨어졌다. 길을 오가던 사람들이 비명을 질렀다. 자동차가 급브레이크를 밟았다. 사거리 저편에 서 있던 교통경찰이 현장을 향해 뛰었다.

분명히 은행잎이었어. 수정은 창문에서 상체를 거둬들이며 중얼거렸다. 추락하는 여자를 따라 느릿느릿 팔랑거리며 하강하던 나뭇잎 하나. 황금빛 부챗살 안에 촘촘히 뻗어 있는 잎맥을 그녀는 두 눈으로 똑똑히 보았다. 수정은 바닥에 주저앉았다. 멀리서 경찰차와 구급차의 사이렌 소리가 요란하게 들렸다. 수정은 화장실 문을 밀치고 안으로 뛰어 들어갔다. 변기 위에 고개를 수그리고 속엣것을 모조리 게워 냈다.

그가 아니면 안 된다고 수정은 오랫동안 믿어 왔다. 그가 아니라면 그 무엇으로도 치유할 수 없는 고통이라고 생각했다. 그렇게 그를 만나는 동안 수정은 스스로를 비하하는 방법을 터득해 갔다. 자신을 길거리의 돌멩이만도 못한 존재라고 여겼고, 그런 깨달음에 분노를 느꼈다. 수정의 분노는 자신의 심장을 겨냥했다. 그를 만나기 전, 그러니까 5년 전에는 자신이 평범한 일상의 행복을 누렸다는 사실을 수정은 기억하지 못했다. 그녀는 자신의 뿌리가 서서히 뽑히는 중이라는 걸 알았다. 수정의 증세는 해가 거듭될수록 악화되었다.

-통화한 적이 있어요. K씨 전화번호 좀 알아보려고.

그가 희원에 대해 얘기했을 때 수정은 심장이 벌어지는 듯한 통증을 느꼈다. 희원으로부터 벌써 들었던 내용이었다. 계속 러브콜을 보내더라구. 별말 없이 끊긴 하던데, 아마 다른 구실을 찾아 곧 다시 전화하겠지. 희원은 남자들의 시선을 사로잡는 법을 알았다. 그들의 욕망을 자극하거나 제어하면서 세상에 대한 자신감을 키워 갔다. 수정이 말한 적 없지만 희원은 그와 수정에 대한 소문을 알고 있을 것이었다. 하지만 두 사람의 관계가 어떻든 자신과는 상관없다고 여기는 것 같았다. 수정은 기묘한 혼란에 빠져들었다. 당장 희원의 두 눈을 뽑아 버리고 싶을 정도로 질투심에 불타올랐지만 한편으론 연인이 된 두 사람의 관계를 자꾸만 머릿속으로 상상했다. 둘의 관계를 상상하는 것만으로도 활활 타오르는 불길 속에 던져진 것처럼 몸과 마음이 고통스러웠다. 불길의 직경은 차츰 확장되었다. 수정은 아슬아슬한 벼랑 끝으로 자신을 점점 몰고 갔다.

*

정수가 집에 돌아왔을 때 아내는 주방 식탁에서 딸아이에게 물리를 가르치고 있었다. 왔어요? 아내는 그를 힐끗 쳐다본 후 아이에게 곧장 눈길을 돌렸다. 정수와 눈이 마주친 딸아이는 시무룩한 표정으로 고개를 꾸벅했다. 다녀오셨어요? 아내가 딸아이의 등을 툭툭 쳤다.

-그러니까 광전효과는 빛이 입자라는 것을 알려 주는 가장 대표적인 케이스인거야. 자. 다시 한 번 정리해 보자. 광전효과가 뭐라고 했지?

하품을 하던 아이가 울 듯한 표정으로 대답했다.

-금속 표면에 빛을 쪼였을 때… 표면에서 전자가 튀어나오는 현상으로….

아내의 얼굴에 광채가 돌았다.

-그렇지! 빛이 파동이 아니라 입자라는 거지! 자, 봐. 이로써 아인슈타인의 광양자설이 설득력을 얻고 입증된 거야.

딸아이는 여전히 울 듯한 얼굴표정이었다. 이제 겨우 초등학교 5학년생이었다. 그런 아이에게 아인슈타인 이론이라니. 정수는 한숨을 쉬고 안방으로 향했다. 등 뒤에서 아내의 쨍쨍한 목소리가 들려왔다. 아인슈타인이 노벨상을 받은 건 상대성 이론 때문이 아니라 바로 이 광양자설 때문이었어. 정수는 방문을 탁 닫았다. 아내의 목소리가 끊겼다. 재킷과 바지를 벗어 옷장에 걸고 안방 욕실로 들어갔다. 샤워를 마친 후 다시 거실로 나왔을 때에도 아내와 딸아이는 여전히 주방 식탁에 앉아 있었다.

-12시 넘었는데, 애를 그만 재우지?

아내는 정수의 말에는 대꾸하지 않고 아이의 등을 툭툭 쳤다.

-그러니까 빛은 파동이기도 하고 입자이기도 하다는 거야. 빛의 이중성이지. 자연 자체로 봤을 땐 모든 게 다 이중성을 갖고 있다고 볼 수 있어.

초등학교 5학년생에게 고등학생 수준의 물리를 끈덕지게 주입하는 아내를 보면 혀가 내둘러질 지경이었다. 물리뿐만이 아니었다. 삼 년 전부터 과학전문 학원에 다니는 딸아이는 화학, 생물, 지구과학도 함께 공부하고 있었다. 아내는 치밀했고 용의주도했으며 끈기마저 있었다. 지난 3년 동안 단 하루도 거르지 않고 딸아이가 학원에서 배운 내용을 그날 밤에 복습시켰다.

아내는 뭔가에 집착하지 않고는 단 하루도 살 수 없는 여자였다. 아이가 태어나기 전 그녀의 관심은 정수의 학위 취득과 임용에 집중되었다. 유학 시절, 아내는 끊임없이 정수를 닦달했다. 자신의 결혼 자금이 바닥나기 전에 정수가 하루 빨리 학위논문을 마치고 귀국해야 한다고 압박했다. 장인과 장모, 처형과 처남도 마찬가지였다. 아내를 고생시킨다며 정수를 죄인 취급했고, 가난하고 보잘것없는 그의 집안을 대놓고 무시하거나 빈정거렸다. 아내의 집착은 도를 넘는 순간이 많았다. 소파에서 잠시 쉬고 있을 때마다 그렇게 늘어져 있으면 논문은 언제 쓸 거냐고 일갈했고, 논문에만 힘을 집중해야 한다며 잠자리를 거부하기까지 했다.

정수가 임용된 후 아내의 관심은 딸아이에게로 옮겨갔다. 특목고를 거쳐 이른바 스카이 대학에 입학시킨 후 최종적으로는 의학전문 대학원에 보낸다는 게 아내의 플랜이었다. 정수는 때때로 아내가 섬뜩했다. 주방 그릇은 로얄알버트가 아니면 안 되고, 마시는 차는 아삼이나 다즐링 산이어야 하고, 액세서리는 반드시 티파니여야 하는 그녀의 집착과 집념에 진저리가 쳐졌다. 언제부터인지 아파트 현관을 들어서면 숨이 막혔다. 아내의 눈빛과 행동거지에 소름이 돋기도 했다. 간혹 궁금하기도 했다. 자신을 향한 아내의 주도면밀한 플랜은 과연 언제부터 시작된 것이었을까 하고.

아내는 첫사랑이었던 영은의 단짝이었다. 영은은 매사에 치밀하고 완벽한 아내와는 정반대의 여자였다. 조용하고 말수가 적고 극도로 소심했던 여자. 부유한 집안의 친한 친구에게 첫사랑을 빼앗긴 여자. 결혼 후 정수는 한동안 아내를 볼 때마다 영은을 떠올리곤 했다. 그녀라면 지금 이 순간 이렇게 행동하겠지. 이런 말을 했겠지. 결혼 후 얼마 후에 영은이 교통사고로 죽었다는 말을 전해 들었을 때 정수는 큰 충격을 받았다. 자신이 살인자라고 느껴졌고 그녀의 영혼이 자신의 주변을 맴돌고 있을지 모른다고 여겨졌다. 하필이면 수정은 영은과 닮은 점이 많았다. 수정과 처음으로 단둘이 저녁식사를 하던 날, 그녀에게 첫사랑과 닮았다고 주절거리다가 급기야 눈물을 쏟기까지 한 건 상대를 옭아매기 위한 허튼 수작만은 아니었다. 그래요? 제가 첫사랑과 닮았어요? 하고 수정은 배시시 웃었다. 그녀는 이런 말도 덧붙였다. 그렇다면 제가 이제부터 그분이 되어야겠군요.

연방 하품을 해대는 딸아이는 정수와 눈이 마주치자 무언의 구조신호를 보냈다. 정수는 어깨를 으쓱하며 난처하다는 표정을 지었다. 세상 그 누구도 아내의 집념과 의지를 꺾을 수 없었다. 딸아이 역시 그 사실을 잘 알고 있었다. 아빠에게 잠시 어리광과 투정을 부려 보는 것뿐이었다. 정수는 두 팔을 머리 위로 올려 하트모양을 만들어 보이는 것으로 아이를 위로하고 서재로 들어갔다. 컴퓨터의 전원을 켜고 작업 중이던 파일을 불러내 인용문을 옮겨 적었다. "나는 아무것도 설명할 수 없으며, 특히 내 자신을 설명할 수 없다. 내가 보건데 모든 존재는 죄로 물들어 있다. 그중에서도 내 자신은 더욱 그렇다…"

*

수정은 카페 유리문을 밀고 들어섰다. 실내를 한 바퀴 휘둘러봤지만 그의 모습은 보이지 않았다. 당연한 일이었다. 전화를 걸어 약속을 받아내는 사람도, 약속 장소에 먼저 도착하는 사람도, 기다리다가 종종 혼자서 집으로 돌아가는 사람도 언제나 수정이었다. 그가 약속을 잊어버릴 때마다 수정은 지옥과도 같은 과정을 되풀이해서 겪었다. 하지만 그의 얼굴을 본 순간, 그 모든 고통은 거짓말처럼 눈앞에서 사라지고 잊혀졌다. 그는 꿈과 현실의 경계에 존재하는 사람이었다. 꿈에서도 현실에서도 수정은 온전히 그를 붙잡지 못할 것이었다. 하지만 그런 그가 존재하지 않는다면 꿈에서도 현실에서도 자신은 결코 살아갈 수 없을 것이라고 수정은 스스로를 타일렀다.

집을 나서기 전, 수정은 면접에 응시한 대학의 홈페이지에서 최종 합격자 명단을 확인했다. 예상대로 그녀의 이름은 명단에 없었다. 대신, 면접 심사장에서 마주친 동료 강사의 이름을 찾을 수 있었다. 강사들이 술자리에서 주고받는 소문을 수정에게 남김없이 전해 주던 동료였다. 캘리포니아 어딘가에서 석사학위를 받고 지원서를 제출한 대학에서 박사학위를 받은 집념형 글로벌 인재였다. 수정은 수첩을 꺼내 새 학기 강의 시간표를 확인했다. 대학마다 강의전담 교원을 선발하는 탓에 갈수록 강의시수가 줄어드는 형국이었다.

수정이 수첩을 덮었을 때 유리문을 밀고 들어오는 한 남자의 모습이 보였다. 수정은 얼른 자리에서 일어나 반짝, 한 손을 들었다.

# 환대

너의 미래는 청춘의 한 지점에 멈춰 있었다. 너는 오늘이 2027년이고 자신은 스물두 살이라고 했다.

-아니야, 지금은 2017년이야.

너는 곧 입을 다물었다. 그리고는 무연한 표정으로 탁자 아래의 한 점을 응시했다. 시간이 조금 흘렀다. 너는 바닥을 응시하고 나는 조용히 기다렸다. 이윽고 너는 고개를 들었다.

네가 집게손가락을 들어 내 오른손을 가리켰다.

-만져 봐도 돼?

탁자 위로 서서히 두 손이 다가오더니 내 오른손을 쥐었다. 양손이 깃털처럼 가벼웠다. 지상의 힘이라고는 느껴지지 않는 악력이었다. 너는 내 오른손을 얼굴 가까이에 가져가 손톱과 손가락뼈와 피부 아래의 정맥들을 세심하게 살폈다.

-어디로 살이 쪘니?

나도 모르게 피식, 웃음이 나왔다. 3층 병동의 면회실에 들어선 지 10여 분 만이었다. 팽팽하게 당겨졌던 감정의 근육이 조금쯤 느슨해지는 것 같았다.

-여기저기 꼭꼭 잘 숨어 있어.

내가 대답했다.

지난봄에 만났을 때 너는 살이 쪄서 몸집이 몹시 비대했었다. 아까 면회실에 들어서자마자 몇 달 전의 네 모습이 떠올라서, 살이 많이 빠졌네, 하고 말했다. 너는 즉시 숫자로 대답했다. 49킬로그램. 그런 후에 내게 물었다. 넌 몸무게가 몇 킬로그램 나가? 잠시 당황했지만 나는 곧 대답했다. 나는… 72킬로그램. 그때부터 너의 머릿속에 궁금증이 더해 갔던 것 같다. 도대체 그 많은 살이 어디에 숨어 있을까 하고.

잠시 후 네가 말했다.

-널 보니까 옛날 생각이 나.

-뭐가 생각나?

너는 대답하는 걸 잊은 듯 다시 바닥을 응시했다. 시간이 약간 흘렀다. 네가 뭐라고 중얼거렸다.

-내가 예쁘다고?

너는 쑥스러운 듯 대답했다.

-응. 예뻐.

피식, 웃음이 나왔다. 처진 눈매와 점점 뚜렷해지는 팔자주름과 가슴 아래로 출렁이는 뱃살들 때문에 거울을 들여다보고 싶지 않은 나날이었다.

-뚱뚱하잖아. 나이 들었잖아.

너는 정색했다.

-아냐, 넌 항상 예뻐.

잠시 후 너는 다시 말했다.

-난 스물두 살이야.

너와 입씨름할 수 없었다. 그러면서도 한편으론 지금이 2017년이든 2027년이든 무슨 상관인가 싶었다. 우리가 스물두 살인지, 마흔아홉 살인지는 이 순간 중요하지 않다.

*

지난봄에 우리는 병원의 1층 로비에서 만났다. 그때 너는 3층 병동에서 담당 간호사와 함께 엘리베이터를 타고 내려와 안내데스크 앞에 서 있는 나를 향해 느릿느릿 걸어왔다. 무려 이십여 년 만의 만남이었다.

종로에서 시외버스를 타고 경기도에 위치한 병원 단지로 향하는 동안 머릿속으로 수많은 생각들이 엉클어졌다.

버스정류장에서 내려 정문에서 방명록을 작성한 후 오르막길을 따라 정신병원 건물로 걷는 순간에도 머릿속이 뒤엉켜 있었다. 병원 1층의 안내데스크 앞에서 너를 기다리는 동안에는 한 가지 질문만이 남았다. 도대체, 네가, 왜? 우리가 함께 보낸 시간들이 각각의 장면들은 잊힌 채 무거운 납덩어리가 되어 가슴 한가운데를 짓눌러 뭉갰다.

간호사가 한 팔로 나를 가리켰다.

-친구 분 맞죠?

너는 걸음을 멈추고 멀건 표정으로 나를 바라보았다. 그러더니 문득 내 이름을 불렀다.

-은희야.

간호사가 고개를 끄덕이며 안도의 눈길을 내게 보냈다. 나는 몇 걸음 앞으로 다가갔다. 너의 얼굴 위로 희미한 미소 같은 게 스쳐 갔다.

-진숙아. 나 알아보겠어?

예전과 너무도 달라진 너를 본 순간, 형용할 수 없는 감정이 안에서 솟구쳤다. 내부에서 갑작스럽게 분출한 그것은 불꽃처럼 짧은 순간 의식을 감전시켰다가 어둠 속으로 사라졌다. 비로소 하나의 세계가 무너져 내리는 것 같았다.

너는 살이 쪄서 몸집이 커 보였다. 예전처럼 귀 위로 짧게 커트한 머리칼은 부스스하게 일어선 허연 새치들로 가득했다. 긴팔 환자복 위로 남색 카디건을 걸치고 엉거주춤하게 선 모습이 낯설었다. 무엇보다도 달라진 건 얼굴 표정과 눈빛이었다. 예전처럼 쏘는 듯한 눈빛이 아니었다. 초점 없는 흐릿한 눈동자가 전방을 향해 무방비 상태로 열려 있었다.

-잘 있었어?

느릿한 목소리로 너는 나의 안부를 물었다. 마치 엊그제 만났다가 헤어진 친구를 다시 본 양 심상한 말투였다.

-지석 씨는?

너는 내 남편의 안부를 물었다.

-집에 있어.

너는 내 아이의 안부도 물었다.

-애는?

-잘 있어.

결혼 직후 지석을 따라 해외 근무지로 떠났기 때문에 너는 내 아이들을 본 적이 없었다. 그리고 외국에서의 십 년, 귀국 후 십 년 동안 너를 만난 적이 없으니 네가 내 아이들의 존재를 알 리 없었다. 결혼했으니 당연히 아이가 있을 거라고 생각한 것일까. 아니면 면회 온 누군가로부터 내 소식을 들었던 것일까.

몇 발자국 옆에서 우리를 지켜보던 간호사가 내게 인사했다. 그럼, 잘 부탁합니다. 그녀가 떠나기 전에 면회 규칙에 대해 물었다. 특별한 주의사항이 없다고 했다. 면회시간 제한 같은 것도 없었다. 면회를 마친 후 환자를 3층 병동으로 직접 데려다 달라는 당부뿐이었다. 그날 간호사가 왜 너의 면회 절차에 대해 유독 관대했는지 나중에야 그 이유를 알 수 있었다.

안내데스크를 지나 복도 끝 국화실로 들어갔다. 출입문을 닫고 탁자를 사이에 두고 마주 앉았다. 네가 물었다.

-너 우리 집에 왔었어?

-응. 니네 집 어디?

오래전에 나는 너의 고향집에 놀러간 적이 있었다. 여고와 대학시절에 살던 K시의 자취방에도, 간호사로 근무할 때 네가 잠시 얹혀살던 서울의 친척집에도, 그리고 하염없이 이어지는 계단을 걸어 올라가야 했던 연남동 빌라 5층의 전세방에도 간 적이 있었다.

-해남 우리 집.

-응. 예전에 갔잖아. 대학교 1학년 때.

-아니, 지난달에.

-지난달에는 안 갔어.

내 대답이 너를 혼란스럽게 하는 것 같았다. 하지만 너는 곧 무심한 표정으로 되돌아갔다. 우리의 대화는 자주 끊겼다. 너는 자주 말을 멈추고 탁자 아래를 무연한 표정으로 응시했다. 그러다가 문득 고개를 들었다.

-난 놀아. 맨날 놀아. 텔레비전만 보고.

-그래?

-공부해야 하는데. 앞으로의 일들에 대해 계획도 세워 보고.

공부나 앞날에 대한 계획 따위, 이제는 신경 쓸 필요가 없다고 말해 주고 싶었지만 그럴 수 없었다.

-어떻게 살 것인가 생각도 해 보고. 그럼 안 되니?

-뭘 하고 싶은데?

-전도사. 선생님도 하고 싶고. 이제 국문과 갈려고.

점심시간이 다가오고 있었다. 로비의 안내요원에 물으니 국화실에서 배달음식을 주문해서 먹을 수 있다고 했다. 뭐 먹고 싶냐고 물으니 너는 자장면, 이라고 대답했다. 팔선각에 전화를 걸어 자장면 두 그릇과 군만두를 주문했다. 내가 전화 통화하는 걸 지켜보던 너는 휴대폰을 물끄러미 쳐다보았다.

네가 병원들을 전전하는 동안 세상이 많이 변했다. 나는 탁자 위에 휴대폰을 올려놓고 바탕화면의 프로그램들에 대해 설명했다. 너는 휴대폰에서 눈을 떼지 못했다. 너의 얼굴 위로 뭔가가 움찔, 지나갔다. 너는 원래 호기심이 많은 아이였다.

밖에서 노크 소리가 들렸다. 헬멧 쓴 나이든 남자가 배달가방 안에서 자장면과 만두 그릇을 꺼내 탁자 위에 올려놓았다.

-자장면, 진짜 오랜만에 먹어.

너는 자장면을 맛있게 먹었다. 하지만 젓가락을 쥔 오른손을 간간이 떨었고 그때마다 젓가락질을 멈췄다. 체머리를 앓고 있는 듯 머리를 좌우로 가볍게 흔들기도 했다. 나중에 간호사에게 들으니 오랜 세월 동안 약을 복용한 탓에 후유증이 생긴 거라고 했다.

자장면을 목 안으로 넘길 수 없었다. 그런데 너는 자주 식사를 멈추고 나를 채근했다.

-은희야, 먹어.

네가 동작을 멈추고 재촉할 때마다 자장면 면발을 목 안으로 삼켰다. 네가 말했다.

-맛있어.

식사를 마치고 빈 그릇들을 출입문 바깥에 내려놓자 네가 자리에서 일어서며 말했다.

-산책하자.

병원 건물 바깥으로 나갔다. 건물 위쪽으로 좁은 길이

나 있고, 길 양쪽으로 크고 작은 나무들이 잘 가꾸어져 있었다. 노란 개나리꽃과 붉은 철쭉이 나무들 사이에서 화사하게 피어 있었다. 햇볕이 따뜻했다.

-남자친구가 의사거든. 내가 사귀던 오빠. 내가 얘기 안 했니?

갑자기 너의 이야기보따리가 술술 풀려나왔다. 고향집에 가려면 눈을 감고 해남, 하면 단숨에 갈 수 있다거나, 상규오빠가 퇴원 수속하러 왔는데 잠들어 버려서 만나지 못했다는 등의 이야기였다. 너는 정색을 하고 말했다.

-우리 가족은 날 퇴원시키려는 의지가 너무 부족해.

*

너를 만나기 위해서는 법적 보호자인 상규오빠의 허락을 받아야 했다. 병원 규정상 가족이 아니면 면회가 허용되지 않아서였다. 몇 년 전에도 상규오빠에게 연락한 적이 있었다. 상규오빠의 지인을 수소문해서 너를 면회하고 싶다고 전했었다. 하지만 너의 상태가 악화되어 누군가 너를 만나는 걸 원치 않는다는 대답을 전해 들었다. 이번에는 상규오빠에게 직접 전화를 걸었다.

그는 여동생의 오랜 친구를 쉽게 기억해 냈다. 고등학교와 대학시절, 그리고 서울에서 직장생활을 하던 무렵에 그를 만난 적이 있었다. 맹맹한 콧소리가 약간 섞인, 변함없는 목소리로 그는 반갑게 전화를 받았다. 서로 안부를 주고받은 후 화제가 여동생의 근황에 이르자 그의 목소리가 낮아졌다. 너를 만나고 싶다고 하자 상규오빠는 잠시 침묵했다. 그리고는 다소 뜬금없이, 너무 부담 갖지 말아요, 라고 말했다. 그게 무슨 의미인지 물어보지 않았다. 다만 지난 몇 년 동안 너를 면회 온 가족이나 친척이 아무도 없었다는 담당 간호사와의 전화 통화 내용이 생각났다. 많이, 아파요. 자꾸 퇴원시켜 달라고 해서…. 상규오빠가 얼버무렸다. 전화를 끊고 그는 곧바로 병원에 전화를 걸어 나의 면회에 동의했고, 그 사실을 내게 문자메시지로 알려주었다. 그날 이후 병원에서는 더 이상 그의 허락을 요구하지 않고 나의 면회신청을 받아들였다.

스물다섯 살 무렵의 발병 이후 너의 가족이 어떤 고통을 겪었는지 나는 자세히 알지 못한다. 스물다섯에서 스물일곱 살까지 너는 입원과 퇴원을 반복했고 한동안 고향집에 내려가 어머니와 함께 살았다. 어머니가 돌아가시자 너는 다시 병원들을 전전했다. 그즈음엔 상규오빠와 남동생도 지칠 대로 지쳐 있었다. 결혼을 하고 아이들을 기르면서 생활인으로 단련되는 동안 두 사람은 더 이상 너를 면회하지 않았다. 네가 병원 매점에서 사용하는 간식비는 꼬박꼬박 너의 계좌로 입금되었다. 간식비가 매달 일정한 날짜에 송금될 수 있도록 상규오빠는 은행에 자동이체를 신청해 두었다.

전화 통화 이후 가끔씩 상규오빠의 인터넷 블로그를 방문했다. 희생과 감사에 관한 명언들, 자기계발을 다짐하는 글귀들, 여행지에서 가족과 함께 환하게 웃고 있는 사진들, '너희에게 인내가 필요함은 너희가 하나님의 뜻을 행한 후에 약속을 받기 위함이라'같은 성경구절들. 그런 날이면 어쩔 수 없이 병원에서 오빠의 방문을 기다리는 너의 모습이 떠올랐고, 이유 없이 마음이 사나워졌다.

*

너를 처음 만난 건 고등학교 1학년 교실에서였다.

앉은키 순서로 교실 좌석이 배정되었기 때문에 키와 체격이 엇비슷한 너와 나는 책상 앞뒤로 앉게 되었다. 우리는 3월 한 달이 채 지나기도 전에 가까워졌다. 대화를 하면 할수록 깜짝 놀랄 만큼 서로 닮은 점이 많다는 걸 알게 되었기 때문이었다.

너는 고향에서 중학교를 마친 후 K시 고등학교로 유학왔고, 두 칸짜리 자취방에서 오빠와 함께 살았다. 그리고 그건 나도 마찬가지였다. 우리는 둘 다 고향에서는 이름깨나 날렸지만 K시 고등학교에서는 평범한 우등생 정도의 성적을 유지했다. 우리는 상념이 많고 헛꿈을 자주 꾸었다. 머릿속을 떠다니는 어지러운 잡념과 몽상을 서로에게 얘기했고, 그것들이 비슷하다는 사실을 신기해했다. 우리는 막연히 시인이 되기를 원했다. 당시 학생들 사이에 인기 있던, 손바닥 안에 쏙 들어오는 삼중당 세계문고를 교과서보다 더 열심히 탐독했다.

우리는 어느새 말투와 몸짓과 글씨체까지 비슷해졌다. 담임을 비롯한 교과목 담당 선생들이 너와 나를 헷갈려하는 것도 무리가 아니었다. 우리가 좋아했던 국어와 국사 선생조차 두 사람을 쉽게 구별하지 못했다. 은희와 진숙. 반 아이들은 우리를 '희숙'이라고 한꺼번에 불렀다. 누군가 희숙아, 하고 부르면 둘 다 고개를 돌렸다. 우리는 두발과 복장 규칙을 잘 지켰고, 교실과 복도를 걸을 때는 발뒤꿈치를 들었다. 종례 직전까지 마쳐야 하는 학급청소에서는 맡은 구역을 열심히 청소했다. 몸이 아파서 결석하지 않는 한, 아침 자율학습과 야간 자율학습 시간을 빼먹지 않았다.

너는 두 살 터울의 오빠를 위해 밥상을 차렸고, 그건 나도 마찬가지였다. 오빠들은 우리보다 먼저 K시 고등학교로 진학했고, 부모들은 중학교를 마친 너와 나를 K시로 딸려 보냈다. 부모들이 암암리에 부과한 의무가 무엇인지 너와 나는 잘 알고 있었다. 누군가 일일이 행동지침을 일러 주지도 않았는데 우리는 아침 일찍 일어나 쌀을 씻어 밥을 안치고 달걀찜이나 된장국을 끓였다. 아침밥을 먹은 후에는 설거지를 했고, 자취방을 서둘러 걸레로 훔친 후에 부랴부랴 교복을 챙겨 입고 학교를 향해 달렸다.

그 시절의 평범한 여고생들이 그랬듯이 우리는 낙엽이 흩날리는 거리를 걷기를 좋아했다. 낙엽 진 보도를 걷다가 노랗게 물든 은행잎이나 빨간 단풍잎을 주워 책갈피에 끼워 넣었다. 모가지가 길어 슬픈 짐승이여, 로 시작하는 노천명의 시를 즐겨 읽었다. 그 시인이 일제강점기 막바지에 학도병 지원을 부추기는 시들을 썼다는 사실은 까맣게 모른 채 조금이라도 더 길쭉해 보이는 목을 만들기 위해 고개를 한껏 앞으로 내밀었다. 우리는 도스토옙스키의 음울함과 고뇌에 매료되었다. 니나, 전혜린, 로자 룩셈부르크의 삶이 머릿속에 강렬한 인상을 남겼다. 하지만 그뿐이었다. 우리의 일상은 달라지지 않았다.

어느 날 너는 교통사고로 죽은 큰오빠에 대해 말했다.

-내가 세상에서 가장 사랑하는 사람이었어.

그가 얼마나 똑똑하고 가슴이 따뜻한 대학생이었는지, 집성촌인 너의 고향마을에서 어린 시절부터 신동으로 불리던 그가 집안 어른들이 대부분인 마을사람들에게 어떤 희망을 불어넣었는지를 너는 조용조용 말했다. 너는 지갑에서 큰오빠의 사진을 꺼내 보여 주었다. 눈썹이 짙고 콧날이 오뚝한 잘생긴 청년이 온화한 미소를 짓고 있었다. 너는 밤중에 큰오빠와 대화를 나눈다고 했다. 성적이 떨어져 속상할 때나 밥상을 차리고 빨래하는 일이 귀찮아질 때, 생활비가 제때 도착하지 않아 급식비를 낼 수 없을 때, 그럴 때 너는 큰오빠에게 상의하고, 투정을 부리고, 불평을 쏟아냈다.

나도 내 오빠에 대한 생각을 털어놓았다.

-오빠가 죽어 버렸으면 좋겠어.

대문을 지나 주인집 안채와 마당을 가로질러 왼편으로 꺾어 들면 오빠와 내가 세 들어 사는 상하방이 있었다. 미닫이문으로 분리된 두 칸짜리 방은 그러나 마음만 먹으며 언제든 상대의 공간을 침범할 수 있었고, 침입자는 항상 오빠였다. 오빠는 가끔씩 미닫이문을 열고 내 방으로 건너와 가슴과 배를 걷어찼다. 주먹으로 등을 가격하거나 손바닥으로 뺨을 때리기도 했다. 말수 적은 모범생이었고 부모에게 복종적이었으며 누구보다도 소심했던 오빠의 내부 어디에 그런 폭력성이 자리 잡고 있는지 이해할 수 없었지만, 달리 어쩔 도리가 없었다. 오빠의 존재는 끊어질 듯 위태로웠던 부모의 관계를 연결시키는 유일한 밧줄이었고, 그런 이유로 나는 오빠의 구타에 대해 부모에게 말할 수 없었다. 엄마와 아버지는 오빠를 앞에 앉혀두고 번갈아가며 말하곤 했다. 너만 아니었다면 내가 진즉에 집을 나갔다.

오빠의 구타는 약 일 년 동안 계속되었다. 고3인 오빠가 고1인 여동생을 때려야 하는 이유는 무수히 많았다. 그날 오빠가 모의고사 시험을 망쳐서, 내가 실수로 책상에 물을 엎질러서, 건방지게 오빠에게 말대꾸해서, 또는 대꾸를 안 해서. 오빠의 주먹질이 시작되면 나는 입을 꽉 다물고 신음소리가 바깥으로 새 나가지 않도록 애썼다. 무엇보다도 안채의 주인 내외가 이 사실을 알게 될까 봐 신경이 쓰였다. 입시 압박감 속에서 불안한 사춘기를 홀로 건너야 했던 오빠는 역시 낯선 도시에서 예민한 시기를 보내는 여동생을 구타하며 청춘의 위기를 극복했다. 고등학교를 졸업하고 대학생이 되자 오빠의 폭력은 언제 그랬냐는 듯이 사라졌다.

아무에게도 발설하지 않은 비밀을 서로에게 말하고, 그 비밀을 굳건히 지키면서 우리는 서로를 더욱 의지해 갔다. 그 시절에, 그리고 그 이후로도 오랫동안, 삶의 고비가 닥칠 때마다 우리는 누구보다도 먼저 서로의 얼굴을 떠올렸다.

*

사범대에 지원한 너는 전기입시에 실패한 후 3년제 간호전문대학에 입학했다. 재수를 원했지만, 집안 형편이 허락하지 않았다. 위로는 대학생 오빠가, 아래로는 고등학생 남동생이 있었다. 너는 선택지가 없었다. 사범대가 아니면 간호대학이어야 했다. 졸업과 동시에 즉시 취업해야 했다.

성인간호학이나 기본간호학 같은 교과목들, 그리고 현장에서 이루어지는 임상실습 시간을 너는 버거워했다. 이른바 문과형 인간인 너는 실용적이고 현실적인 교과과정이 적성에 맞지 않았다. 기숙사에서 벌어지는 여자들끼리의 신경전과 경쟁심이 견딜 수 없다고 털어놓았을 때 내가 너를 진심으로 이해했던가? 너를 충분히 배려하고 위로했던가? 잘 모르겠다.

*

너의 고향집을 방문한 건 대학교 1학년 겨울방학 때였다. 그날 너는 그 폐가로 나를 데려갔다. K시에서 고속버스를 타고 목포에서 내려 다시 배를 갈아타고 너의 고향

마을에 당도했다. 점심때가 한참이나 지나 있었다. 너의 어머니가 마루에 차려 준 늦은 점심을 먹고 나자 너는 보여줄 게 있다고 귓속말했다. 흐린 구름장이 하늘에 낮게 걸리고, 희끗한 진눈깨비가 하나둘씩 흩날리기 시작하는 오후였다.

너는 검은 비닐봉지를 손에 쥐고 앞장서서 걸었다. 좁은 마을길을 벗어나자 양파와 옥수수와 콩잎이 심긴 비탈진 경작지가 나왔다. 밭두렁 아래로 실개천이 흘렀다. 마을이 저만치 멀어지고, 잡목과 넝쿨식물이 무성한 언덕배기로 올라서자 그 폐가가 나타났다. 언덕 뒤편으로 야산이 시작되고 있었다. 밭작물을 보호하기 위해서인 듯 야산 입구에 쇠막대로 고정된 녹색 그물망 울타리가 쳐져 있었다. 울타리에 '야생 멧돼지 출몰지역'이라고 붉은 글씨로 적힌 경고 푯말이 걸려 있었다.

그 폐가는 제법 널찍하게 지반이 다져진 공터에 자리 잡고 있었다. 어쩐지 으스스하고 불길한 기운이 감도는 곳이었다. 시멘트 지붕의 절반이 땅바닥에 주저앉았고, 군데군데 구멍이 뚫리고 흙이 무너진 담장에 잡초들이 뒤엉켜 자라고 있었다. 녹슨 철제대문과 깨진 유리창 사이로 벽지가 벗겨지고 앙상한 철골이 드러난, 한때 방이었고 거실이었고 부엌이었던 황량한 빈터가 보였다. 깨진 형광등과 사기그릇 조각들, 담배꽁초들, 다 쓴 비료부대와 마대자루들, 크고 작은 비닐봉지에 묶인 쓰레기들이 여기저기에 흩어져 있었다.

너는 삐걱거리는 철문을 밀치고 안으로 성큼성큼 들어섰다. 손에 쥔 비닐봉지에는 네가 부엌에서 챙겨 온 찐 감자와 고구마가 들어 있었다. 너는 그곳에 사람이 살고 있다고 했다.

-불쌍해.

폐가에 사는 남자의 이름은 용가리, 라고 했다.

-용가리통뼈 할 때 그 용가리?

-응. 마을 애들이 지어 줬어.

폐가와 남자 사이에 어떤 연관이 있는지, 그리고 그가 언제부터 그곳에 살게 되었는지는 알 수 없다고 했다. 어느 날 홀연히 마을에 나타난 그 남자는 아직 무너지지 않은 한쪽 지붕 아래에 볏짚과 이불을 펴고 잠을 잤고, 마을 사람들이 바가지에 던져 주는 밥덩이를 얻어먹으며 살게 되었다고 했다. 전기도 수돗물도 들어오지 않는 그곳에서 어떻게 살아가는지 수수께끼라고 너는 말했다.

-용가리를 본 적 있어?

-응. 마을에 내려오면 동네 애들이 항상 뒤를 따라다니면서 놀렸어.

간혹 짓궂은 아이들이 돌멩이를 던질 때에도 용가리는 전혀 반응을 보이지 않고 휘적휘적 걷는다고 했다. 용가리가 순하다는 걸 알게 된 동네어른들이 그를 괴롭히는 아이들을 수시로 꾸짖고, 아주머니들이 번갈아가며 밥덩이와 반찬을 바가지에 부어 주면서 용가리는 차츰 집성촌 마을의 일원이 되어 갔다. 덥수룩하게 자란 머리를 아무렇게나 뒤로 묶고, 한여름에도 길고 두터운 검정색 파카를 입고 털신을 신고 다니는 그가 불쌍하다고, 너는 눈물을 글썽였다.

네가 그렇게 용감한 아이였던가? 두려워서 차마 대문 안으로 들어서지 못하는 나를 등 뒤에 남겨 둔 채 너는 철문을 넘고, 깨진 유리 조각과 쓰레기가 흩어진, 한때 누군가의 거실이었던 빈터의 한가운데로 홀로 들어가 검은 비닐봉지를 놓아두고 뒤돌아 나왔다.

다시 언덕을 내려와 밭두렁 위를 걷는데 자꾸만 뒤통수가 근질거렸다. 몇 번을 뒤돌아봤다. 희끗희끗한 눈발 사이로 검정색 파카를 입은 누군가의 시커먼 머리통을 본 것 같았다. 폐가의 창문에 달린 깨진 유리조각 틈으로 덥수룩한 머리칼을 풀어헤친 한 남자가 우리를 지켜보는 것 같았다.

*

스물다섯 살 무렵의 너에게 무슨 일이 일어났던 것일까.

우리는 둘 다 서울에서 막 직장생활을 시작했고, 주말이면 신촌이나 여의도의 카페에서 만나 서로에게 이런저런 고민을 털어놓았다. 시골뜨기였던 우리는 서울생활에 적응하기 위해 최선을 다했지만 시간이 갈수록 기가 죽고 의기소침해지는 건 어쩔 수 없었다. 3년제 간호전문대와 지방 국립대를 각각 졸업한 너와 나는, 서울 시내의 번듯한 대학을 졸업한 동료들 사이에서 열등감에 시달렸다. 4년제 정규 간호학과 출신이 아니라는 이유로 너는 병원 업무에서 제외되는 일이 종종 생겼고, 그로 인해 번번이 마음을 다쳤다. 나 역시 조금이라도 긴장을 늦추면 가차 없이 도태되는 냉혹한 직장에서 하루하루 고투를 벌였다.

그즈음 너는 교제하던 남자와 헤어졌다. 네가 근무하는 종합병원에서 함께 일하던 남자였다. 너는 큰 충격을 받은 듯했다. 그런데도 정작 그와 헤어지게 된 자세한 경위를 말하지 않았다. 그러고 보니 너는 그에 대해 이야기하는 걸 꺼렸다. 네가 교제하는 동안 나는 그를 만나 본 기억이 없다. 그가 사무직 직원이었던가? 일용직 근로자였던가? 의사였던가? 돌이켜 보면 그때야말로 네가 누군가가, 영혼의 짐을 나눌 수 있는, 친구가, 절실히 필요했던 시기였다. 그런데도 나는 왜 그토록 무심했던 것일까. 너는 왜 입을 다물었던 것일까. 세월이 흐른 지금에도 나는 여전히 그 시절의 너를, 그리고 나를, 이해할 수 없다.

*

어느 날 국화실에서 네가 말했다.

-힘들지?

나는 놀라서 너를 바라보았다.

-왜, 내가 힘들어 보여?

-응.

너는 예의 그 무연한 시선으로 나를 바라보았다. 하마터면 지석과 시내에 나갔다가 우연히 마주쳤던 여자애와 그녀를 보자마자 지석의 얼굴에 환하게 번지던 생의 활기에 대해 말할 뻔했다. 지석을 선배님, 이라고 부르는 여자애는 지석이 근무하는 회사의 직원이었다. 부장님이 아니라 선배님인 이유는 그녀가 지석의 대학후배이기도 해서였다. 사모님, 전에 헬싱키에서 뵌 적이 있어요. 그러고 보니 낯이 익었다. 배낭여행 중인 대학 후배가 도착했다며 지석이 직접 반타공항까지 차를 몰고 가서 데려와 함께 저녁식사를 했던 여자애였다.

지석의 마지막 해외 근무지였던 헬싱키는 국내 제약회사의 말단 직원이 살기에는 터무니없이 물가가 비싼 도시였다. 아침 일찍 일어나 식사준비를 하고 점심 도시락을 싸서 지석을 출근시키고 나면 두 아이가 잠에서 깼다. 아이들을 씻기고 먹이고 재우고, 다시 씻기고 먹이고 재우다 보면 하루해가 갔다. 천기저귀를 빨고, 유동식과 고형식 이유식을 만들어 먹이고, 하루에 두 번 유모차에 태워 산책을 나가고, 틈틈이 시간 내서 슈퍼마켓에서 장을 봤다. 아이들이 좀 더 자란 후에도 비슷한 생활이 이어졌다. 유모차 산책이 놀이터로 바뀌고, 블록 쌓기 놀이가 동화책 읽어 주기로 변했을 뿐이었다. 육아와 집안일에 관한 지석의 태도는 결혼 직후부터 변함없었다. 난 없는 사람으로 생각해. 지석이 가장 자주 내뱉는 말이었다. 주말에도 지석은 바빴다. 회사 업무에서 받은 스트레스를 다양한 취미와 자기계발 활동으로 건전하게 해소해야 했기 때문이었다.

지석은 여자애에게로 쏠리는 자신의 감정을 그대로 노출시킴으로써 모든 고민을 나에게 떠넘겼다. 지석이 참가하는 테니스와 자전거 동호회 여행에는 어김없이 여자애가 동행했다. 그는 그 사실을 내게 굳이 숨기려 하지 않았다. 단체사진은 물론 둘이 함께 찍은 사진들도 보란 듯이 아무렇게나 책상 위에 올려놓았다. 지석이 휴대폰을 집에 두고 출근한 어느 날, 새벽에 전화벨이 울렸다. 그 여자애였다. 오늘 선배님과 연락이 안 되어서요. 내가 전화를 받아서 당황했다기보다는 하루 종일 지석의 행방이 파악되지 않아 안타깝다는 듯한 목소리였다.

너는 탁자 아래를 응시했다가 고개를 들었다. 내가 말했다.

-두려워.

-뭐가?

그동안 내가 가장 두려워했던 건, 이 세상의 습속에서 벗어나는 일이었다.

그런데 무엇이 잘못이었을까. 법규를 위반한 적도 없고, 무임승차를 한 적도 없고 교통질서를 위반한 적도 없는데. 서시오 하면 서고, 앉으시오 하면 앉았는데. 그런데 어디에서부터 잘못되었던 것일까?

네가 말했다.

-사람들이, 다, 사는 게, 힘들어.

*

3층 병동의 면회실에는 창문이 없었다. 출입문을 제외하고는 사방이 흰 벽으로 막혀 있고, 시계도 달력도 없었다. 실내에는 탁자 하나와 의자 몇 개만이 놓여 있었다. 1층에서의 면회와 산책이 금지된 날이었다. 네가 퇴원을 요구하며 며칠째 약 복용과 식사를 거부하고 있기 때문이었다.

바깥은 한여름이었다. 전국의 대도시에 폭염주의보가 발령 중이었다. 그런데도 너는 긴팔 환자복 위에 겨울용 파카를 껴입고 있었다.

-추워?

이마에 밴 땀을 손수건으로 누르며 내가 물었다. 병원 앞 시외버스 정류장에서 내려 오르막길을 걸어오느라 등이 땀에 젖어 있었다.

-난 괜찮아.

나는 의자에 올려 둔 배낭에서 비닐봉지를 꺼내 탁자 위에 올렸다.

-샐러드 먹자.

얼음 팩으로 포장된 플라스틱 용기를 열었다. 너는 일회용 드레싱 봉지를 집더니 자세히 들여다보았다.

-이게 뭐니… 소스니?

네가 소스, 라고 발음하는 걸 듣자 왠지 가슴이 뭉클해졌다.

-응. 카스텔라도 먹을래?

너는 고개를 끄덕였다. 나는 배낭에서 또 다른 비닐봉지를 꺼냈다.

-단팥빵 먹을래?

너는 고개를 저었다.

-단팥빵 먹으면 안 돼.

나는 단팥빵을 다시 배낭 속으로 넣었다.

어떤 음식은 먹을 수 있고, 어떤 음식은 먹을 수 없는지, 그리고 그건 어떤 규칙으로 결정되는지 알 길이 없었다. 육식을 피하는 건가 싶었지만 샐러드에 섞인 닭고기를 먹는 걸 보면 그렇지 않았다. 어쨌든 규칙을 알 수 없으니 면회 올 때 이것저것 계통 없이 가져오는 수밖에 없었다. 그래도 되도록이면 소화가 잘되는 야채나 과일, 혹은 예전에 좋아하던 빵 종류나 음료수를 준비했다.

탁자를 사이에 두고 우리는 말없이 샐러드를 먹었다. 네가 자주 동작을 멈추고 너도 먹어, 넌 왜 안 먹어? 라고 채근했으므로 나 역시 일정한 속도로 샐러드를 먹었다. 달걀도 먹어. 내가 달걀 조각을 밀어 주자 너는, 달걀이야? 하며 세심하게 살폈다. 네가 포크로 달걀을 찍어 입으로 가져갔다. 양상치도 먹어. 네가 나를 쳐다보며 물었다. 양상치야, 양상추야? 갑작스런 물음에 양상치인지 양상추인지가 헷갈렸다. 글쎄. 잘 모르겠는데. 휴대폰을 꺼내 검색해 볼까 하다가 그만두었다. 너는 다시, 양상치야, 양상추야? 라고 말했다. 혼잣말이었다.

*

너의 첫인사는 항상 응, 잘 지냈어? 이다. 전화선을 통해 전해지는 말투가 심상하다. 목소리에 나른함이 고스란히 배여 있다. 너는 지루하다. 어제가 오늘 같고, 오늘이 내일 같은 하루하루가 지겹다. 아니다. 너는 지루하지 않다. 너는 누구보다도 바쁜 시간을 보내고 있다. 너의 시공간은 갑작스럽게 팽창하거나 축소된다. 원하기만 하면 너는 어디든 갈 수 있고 누구와도 만날 수 있다. 그러나 현실의 너는 3층 병동의 홀 중앙에 서 있다.

주변이 시끌벅적하다. 환자복을 입은 누군가가 너에게 다가와 웅얼웅얼 말을 걸고 옷자락을 잡아당기고 귓속말로 속삭인다. 너는 사람들을 헤치고 홀 벽면의 공중전화기를 향해 느릿느릿 걷는다. 녹색 공중전화기 앞에서 걸음을 멈춘다. 환자복 위에 덧입은 파카 주머니에서 전화카드를 꺼내 투입구 안으로 밀어 넣는다. 병동 입구의 카운터에 간호사 둘이 앉아 있다. 간호사들 뒤로 남자 보호사 두 사람이 대기 자세로 서 있다. 너는 전화번호를 꾹꾹 누른다.

너는 기억력이 좋다. 지난번에 내가 종이쪽지에 적어 준 휴대폰 번호를 너는 잘 외우고 있다. 뚜뚜. 신호음이 들리고 휴대폰 액정화면에 너의 이름이 떠오른다. 경기도에 거주하는 너와 남쪽의 항구도시에 사는 내가 서로 연결된다. 여보세요, 진숙이니? 너는 대답과 질문을 동시에 한다. 응, 잘 지냈어? 너는 오늘 기분이 좋다. 오후 2시에서 3시 사이의 산책시간에 병실 밖으로 나갔다가 바람에 이리저리 흩날리는 낙엽들을 봤기 때문이다. 방금 밖에 나갔다 왔어. 아! 단풍이 떨어진다. 너의 목소리에 가벼운 콧소리가 섞여 있다.

오빠가 지금 오고 있어 빨리 퇴원해야지, 라고 너는 말한다. 하지만 너는 오늘 오빠를 만날 수 없을 것이다. 며칠 전에도, 몇 년 전에도, 너는 병원으로 면회 온 오빠를 만나지 못했다. 날 면회 왔는데, 그런데 못 만났어. 내가 잠들어 버렸거든. 너는 언제나 가족을 만나지 못한다. 네가 죽은 큰오빠나 상규오빠를 만나지 못하는 이유는, 면회시간에 네가 잠들어 버렸거나, 어떤 알 수 없는 이유로 병원 측에서 너와 네 가족의 면회를 방해하기 때문이다.

너는 혼잣말을 웅얼웅얼한다. 잘 안 들려. 내가 말한다. 하지만 너는 한참 동안이나 알아들을 수 없는 말을 중얼거린다. 잠시 기다리기로 한다. 수화기를 손에 들고 갈팡

질팡하는 네가 눈앞에 보이는 듯하다. 뭐 사 갈까. 뭐 먹고 싶어? 내가 묻는다. 니가 사오는 건 다 맛있어. 네가 보일 듯 말 듯 미소 짓는다.

# 해설

# 입양서사와 젠더의 복화술

이경(한국국제대 교수)

## 1. 입양이라는 장르

입양에 관해 소설을 쓰는 일은 곤혹스럽다. 비입양인이 글쓰기의 주체가 될 경우에는 더욱 그러하다. 수기 혹은 자전적 소설 등의 형식을 통해 이미 입양은 하나의 장르가 되어 있다고 해도 과언이 아니기에, 이미 검증된 서사를 진부하게 반복할 클리셰의 위험으로부터 자유롭지 못하기 때문이다. 입양을 둘러싼 사회적 책임과 윤리의 명령들 또한 서사의 한계를 강하게 압박한다.

하지만 황은덕의 『우리들, 킴』은 이와 같은 위험을 훌륭하게 극복한다. 2000년 「한국어 수업」으로 등단한 이래 강산이 두 차례나 바뀌는 동안 끈질기게 입양이라는 주제를 탐색한 결과, 황은덕 소설은 입양서사의 문학적 지평을 크게 확장시키고 있기 때문이다. 총 일곱 편의 소설 중 네 편이 입양에 할애되어 있고 나머지 세 편은 불륜과 미혼모 등의 치정문제를 다루고 있지만, 이 또한 입양서사와 포함관계를 이룬다. 일부이처제의 변종이라 해도 좋을 불륜서사는 입양의 전조로 읽을 여지가 크기 때문이다.

이미 이루어진 입양과 미구에 이루어질 입양의 전조를 함께 다룸으로써, 『우리들, 킴』은 입양서사의 층위를 개인적인 것에서 사회문화적인 것으로 이동시킨다. 입양아의 트라우마 혹은 뿌리 찾기로 일관하거나 친부모의 죄책감에 초점을 맞추는 기존의 입양 내러티브에서 일탈하여 젠더구조와 사회구조의 차원에서 입양에 접근한다. 고도성장기인 70년대와 입양 붐을 대담하게 줄 긋기 하고 입양을 둘러싼 단가와 시스템을 날카롭게 지적하는 한편, 이전 과정을 배후하는 사회구조와 남성권력을 심문한다.

입양 이전에 미혼모 혹은 불행한 모성이 있고 그 이전에 너무 미숙하여 가정을 가질 수 없거나 너무 노숙하여 가정과 혼외관계를 다 가지려 하는 남성이 있으며 그의 배후를 이루는 것은 남성지배권력임을 소설은 유려하게 증명한다. 고도성장기를 배경으로 한 당대의 입양서사에 전근대적인 일부다처제의 흔적이 어른거리는 것은 이 때문이다.

소설이 입양아들, 엄마들, 그리고 불륜의 사랑이라는 세 범주로 구성되는 것은 이와 같은 입양의 맥락을 반영한다. 하지만 입양의 상처를 초점화한 전작과 달리, 『우리들, 킴』은 입양을 결과하는 사회구조와 남성권력을 겨냥하는 동시에 입양 당사자들의 능동성과 연대를 부각시킨다. 버림과 선택의 대상이라는 '입양아'의 수동적 위상을 벗어나 자신의 존재를 스스로 승인하고 구성해나가는 입양인'들'의 능동성과 연대를 드러내는 한편, 입양에 이르는 엄마'들'의 상황과 맥락을 제시함으로써 그녀들을 입양에 처단하는 남성권력을 정조준한다.

불륜과 정신병, 그리고 입양 등 치명상을 내장하고 있음에도 불구하고 소설이 치명상에 이르지 않는 것은 이와 같은 연대의 동력 때문이다. 사회구조의 작용을 철하는 날카로운 시선과 이를 대면하는 연대의 힘이 서사의 안전망 역할을 한다. 유일무이하지 않은 '우리들' '엄마들'이 상징하는 복수성의 힘이 남성과 아버지의 법, 그리고 이에 종속되는 혈연가족이라는 원본을 뒤흔들어 놓기에 소설 속의 상처들은 치명상에 이르지 않는 거리를 확보할 수 있는 것이다.

## 2. "더 나쁜 경우가 될 수도 있었던" 혹은 이보다 더 나쁠 수는 없는

혈연이라는 지지대 없이 생존의 자격을 스스로 되물으며 삶을 규명해나가야 하기에 입양서사는 곧 생존의 서사이다. 초국적 입양의 경우, 이와 같은 점은 더욱 극단화된다. 이질성으로 인해 타자화의 위험에 더 많이 노출되며 그만큼 자기부정에 함몰되기 쉽기 때문이다. 자신의 잘못이 아닌 나쁜 출발을 극복해야 하는 것은 오로지 아이의 몫인 것이다.

표제작인 「우리들, 킴」은 이 나쁜 출발을 혈연이라는 동일자의 세계를 뛰어넘어 실존적 삶을 수용하는 계기로 삼는 서사라는 점에서 입양서사의 대표단수에 값한다. 늘 대상화된 의제였던 입양을 당사자의 발화로 재현함으로써 피해자가 아니라 자신의 상황에 대한 객관적 거리를 확보한 성숙한 어른의 태도를 제시한다. 버림받았다는 상처에 고착되지 않고 자신을 버릴 수밖에 없었던 친부모의 상황과 맥락을 짐작하고 수용함으로써, 입양아라는 낙인을 넘어 자신의 서사를 구성해나가는 어른의 드문 성취를 보여주는 것이다. 입양'아'가 아니라 한인 입양인회에 모인 입양'인'의 묘사로 서사가 시작되는 것 또한 아동기의 트라우마에 낚이지 않는 어른의 삶을 부각시키려는 의도라 할 수 있겠다.

'우리들'은 다중시점을 구성하는 화자들이자 너무 많은 '킴'을 포괄하는 집합명사이고 서로의 존재를 거울처럼 비추어내는 연대의 다른 이름이며 또 혈연으로 수렴되지 않는 수평적 초월을 가능하게 하는 힘의 원천이기도 하다. 초국적 입양아들에게 신체적인 이질성은 스스로를 얼룩으로 낙인찍는 표식이기에 '우리들'이라는 명명이 갖는 의미는 중요하다. 비서 킴과 화가 킴 혹은 우리 등의 입장을 경유하는 다중시점은 그 자체로 입양서사의 안전망 역할을 한다. 바로 이 '우리'의 힘으로 많은 '킴'들은 사본/원본, 선택/버림, 선의/죄의식이라는 이분법을 넘어서 양부모/친부모와의 객관적 거리를 확보한다.

입양아들이 구성적 외부로서 자신을 발견하는 계기가 양부모라는 점은 소설의 문제의식을 예각화하는 지점이다. 친자가 있지만 동양아이를 입양하며 그 아이가 외롭지 않도록 같은 나라의 아이를 또 입양하는 선의의 배면을 지적함으로써 문제의 핵심을 파고든다. 70년대 중반, "외제차와 한국인 입양아가 부와 휴머니즘을 상징하는 것으로 각광받았다"는 언급은 소설의 배경인 벨기에에서 일어난 해외입양 붐의 본질을 잘 설명한다. 이것은 입양아가 아니라 양부모의 입지가 먼저 고려된다는 의미이며 양부모의 교양과 선의를 입증하고 과시하는 표상으로서의 입양은 '선택'이라는 점에서 취향과 상통한다. 입양아에게 한국식 이름을 지어주고 한복을 입혀 교회에 데려가는 입양부모의 선의는 한국의 판소리 음반을 수집하는 연장선상에서 이루어진다.

입양아의 역할은 이들의 휴머니즘과 취향을 충족시키는 것이며 입양아로 선택된다는 것은 이러한 요청에 대한 복종의 약속이기도 하다. 먼저 입양된 킴의 언니가 수행하는 "조용하고 영특한 동양 여자아이의 모델"은 그들의 취향을 정확하게 반영한 결과이며 비서 킴을 비롯한 입양아들의 가출과 퇴학은 이와 같은 요구에 대한 반작용이자 자기 증명이다. 양부모의 휴머니즘과 동양적인 것에 대한 취향을 재현하는 존재가 아니라 피와 살을 가진 생명이라는 자기주장인 것이다.

이처럼 소설은 양부모의 선의와 교양 그리고 이에 기반한 입양제도를 겨냥하지만, 이러한 비판이 혈연의 본질화로 수렴되지 않는다. 입양아'들'은 일생일대의 과제처럼 친부모 찾기에 나서지만 그것이 곧 서사의 목적은 아니다. 친부모는 자신의 현재를 의미 있게 만들기 위해 찾아야 하는 "퍼즐 조각"으로 의미화되며 바로 그렇기 때문에 입양으로 인한 트라우마에서 벗어날 수 있다. "양엄마를 싫어하고 친엄마 역시 좋아하지 않는다는 사실을 주변 사람에게 당당하게" 밝힌 화가 킴처럼 양자는 모두 자신의 서사를 꾸려가는 과정 속의 존재이자 계기로서의 의미를 지닌다. 친엄마와 멀어진 것에 대한 "자연스럽게"라는 수식어는 천륜 혹은 인륜이라는 혈연의 심급으로부터 자유로워진 것을 의미한다.

혈연을 절대화하지 않는 이와 같은 측면은 생모와 대면한 비서 킴에게서 보다 구체화된다. 처음 상봉한 모녀는 눈물을 흘리지만, 엄마에 대한 비서 킴의 그리움이 절대적이지 않듯이, 비서 킴에 대한 엄마의 죄책감 또한 절대적이지 않다. "장기간 유학갔다 돌아온 딸을 대하듯이" 모든 행동거지에 간섭하다가 정작 둘이 있을 때는 무표정한 얼굴로 티브이만 보는 현실엄마의 모습은 모성 혹은 혈연이라는 원본에 대한 의심과 흔들기로 이해된다. 엄마가 "딱히 엄마라고만은 할 수 없는 무언가"에 등가된다는 것은 혈연 혹은 뿌리로서 엄마를 본질화하지 않는다는 의미이며 엄마가 여러 형상으로 남는다는 것 역시 마찬가지이다. 엄마 찾기는 엄마를 찾는 일인 동시에 엄마의 동거인, 엄마와 대척점을 이루는 큰엄마와 이복형제를 통해서 엄마를 알아가는 일이기도 하다. 엄마는 자신이 귀속되어야 하는 유일무이한 원본이 아니라 이를 상대화하는 여러 형상으로 재현되는 것이다.

한국에 와서 친엄마를 만난 후에야 비로소 오베쥬에 있는 집을 자신의 집으로 수용하는 것은 이와 같은 혈연의 상대화가 초래한 효과라 할 수 있다. 한국에 체류한 6개월 동안 그녀가 그리워한 것이 오베쥬의 맑은 공기, 자전거길, 포도밭 등이라는 사실은 이를 뒷받침한다. 그녀가 성장한 오베쥬의 자연을 집을 집답게 만들어가는 본질적인 요소로 받아들이며, 비서라는 계약직과 실업급여가 보장하는 단기 휴가, 그리고 혈연에 고착되지 않는 자유를 삶의 방식으로 수용한다. 오베쥬로 돌아온 뒤의 "홀가분한 표정"이 함축하듯, 그녀는 혈연의 상대화를 통해 결여태로서가 아니라 존재론적으로 나그네인 인간의 운명을 대면할 자세를 갖춘 셈이다.

이와 같은 비서 킴의 서사는 화가 킴을 비롯한 우리들 킴 모두의 이야기이기도 하다. 친부모를 본질화, 원본화하기보다는 옆으로의 초월을 가능하게 하는 다른 입양인들과의 연대를 보여준다는 점에서 「우리들, 킴」은 기존의 입양서사를 뛰어넘는 성취라 할 수 있다. 비서 킴을 초점화하지만, 화가 킴 등으로 이동함으로써 이들은 개인의 상처에서 조금씩 빠져나오며 결국 "우리들"이라는 복수성을 획득한다. 겹으로 울려퍼지는 이들의 목소리는 입양아라는 예외성을 평범화하고 그로 인한 상처를 극복하게 만드는 역할을 한다. 벨기에 한인 입양인회를 결성하는 입양인들의 활기는 이를 증명한다. 입양은 감추어야 하는 사적인 상처가 아니라 이를 드러내고 함께 극복하는 공적인 차원의 경험으로 수용되는 것이다. 이와 같은 과정을 통해 입양은 트라우마의 자격을 상실하고 평범성을 획득한다. 바로 그 힘으로 이들은 구성적 외부라는 자신들의 위치를 농담화하는 여유와 거리를 확보하는 것이다.

연대의 힘으로 혈연의 상대화와 유머를 확보하는 「우리들, 킴」과 달리, 「글로리아」는 입양아 개인의 자격으로 세상과 맞서다 끝내 죽음을 맞이하는 비극의 서사이다. 자살로 귀결된다는 점에서 이는 패배의 서사이지만 동시에 죽음에 이르게 하는 병증으로서의 입양제도에 대한 처절한 고발의 서사로도 읽을 수 있다.

글로리아의 경우, 입양아라는 정체성은 그녀의 성장과 사랑에서부터 결혼과 양육에 이르기까지의 전 과정에 개입하는 낙인으로 작용한다. 글로리아가 구성적 외부로서의 자신을 발견한 것은 양부모의 시선으로 인해서이며 입양을 받아들인 미국사회는 그 확대경이라 할 수 있다. 숨겨놓은 잡지와 파일을 단서로 글로리아를 "음탕한" 피로 간주하는 양부모의 타자화와 배제는 그녀의 성장과정을 지배한다. 고교동창인 제이콥과의 사랑과 결혼, 그리고 아이의 실종이라는 일련의 사건 역시 입양아라는 정체성을 낙인처럼 부각시키는 과정에 다름 아니며 이와 같은 일방적 폐쇄회로는 죽음에 이르도록 구조화되어 있다. "존과 포카혼다스 커플"이 함축하듯, 제이콥에게 그녀는 "눈에 띄는" 이질성으로 의미화되며 "사랑을 나눌 때, 낯설고 매혹적인 오지를 탐험하는 듯한 기분"을 선사하는 대상이다. 타자화의 다른 이름이라 할 수 있는 "오지"에의 매혹은 사랑으로 오인된 오리엔탈리즘에 가깝기에 진정성 있는 관계로 이어지기 어려우며 이후의 이혼과 양육권 분쟁은 당연한 귀결이다. 아이의 실종이라는 사건은 죽음에 이르게 하는 타자화하는 병증을 단적으로 요약한다.

아이의 실종이 아니라 그 엄마가 한국계 입양아라는 사실을 핵심적으로 부각하는 매스컴의 태도가 이를 잘 보여준다. 심한 감정기복과 강박성 인격장애 등 과거의 병력이 다시 호출되는 것 또한 입양아라는 낙인의 과학화이자 입양아를 원천적으로 배제하려는 사회적 의지에 다름 아니다.

아이를 잃어버린 피해자가 아이 살해의 제1용의자로 돌

변하고 이웃의 관심과 배려는 혐오와 경계의 시선으로 뒤집히며 모자를 향한 전남편의 협박조차 친부를 "영원히 따돌리기 위한 자작극"으로 간주되는 극적 전환의 중심에 있는 것은 입양아라는 낙인이다. 전남편과 그의 든든한 배후를 이루는 미국사회의 타자화 전략은 아이를 잃어버린 피해자를 아이를 살해한 제1용의자로 만들어낸다. 결백을 입증하기 위한 그녀의 자살은 "인간사냥"이라는 말에 잘 요약되어 있듯이, 21세기 미국 사회의 한복판에서 휴머니즘과 선의의 미명 아래 이루어진 사회적 타살의 최종결과이다. 입양을 낙인으로 만드는 최초의 시선은 입양부모이고 그것을 돌이킬 수 없는 파국으로 몰고 간 것은 연인/남편이며 이들을 배후하는 것은 휴머니즘 속에 감춘 오리엔탈리즘과 타자화의 이데올로기인 것이다.

표제가 함축하듯, 「우리들, 킴」이 집합적인 공감과 유머의 힘으로 입양의 평범함이라는 성찰에 이른다면, 「글로리아」는 생존의 이유를 발견하는 데 끝내 실패한 죽음의 서사라 할 수 있는데, 여기서 주목해야 할 점은 죽거나 나쁜 두 서사가 연속성을 가진다는 사실이다. "이보다 더 나쁜 경우일 수도 있었다"라는 가정의 초점은 더 나쁜 경우의 상상으로 나쁜 현실을 살아낸다는 데 있다는 점에서 킴과 글로리아는 연속적이다. 혼자 있는 킴은 글로리아와 다르지 않으며 글로리아'들'의 연대가 가능했다면 그녀의 비극을 최소화하는 것 역시 가능했을 것이다.

이제, 입양아를 둘러싼 엄마들의 서사를 살펴본다.

### 3. 세상의 모든 엄마'들'

입양과 관련된 엄마들의 서사는 대개 남성권력에 의한 곤경의 서사이다. 사랑은 함께 했으되, 임신과 출산 등의 제반 문제는 여성에게만 덧씌워지기 때문이다. 너무 미숙해서 가정을 가질 능력이 안 되거나 너무 노숙하여 이미 가정을 가지고 있는 남자들과 달리, 미혼모의 곁에는 아무도 없다. 자신의 아이라는 사실을 부인하거나 잠적을 택하는 남자들, 그리고 낙태 혹은 입양을 권하는 가족과 사회가 있을 뿐이다. 그녀를 버린 세상의 한켠에서 출산과 양육의 제 과정을 홀로 겪는 임신한 여성들의 선택은 입양으로 귀결될 수밖에 없다.

친엄마, 큰엄마, 입양엄마, 양육엄마, 위탁모 등 세상의 다양한 엄마들의 이름만큼 입양과 연관된 맥락 또한 다양하다. 「해변의 여인」은 자기 손으로 남편의 동거녀가 출산

한 자식을 입양시킨 큰엄마의 서사이며 「열한 번째 아이」는 19세 손자의 19개월짜리 아이를 키우는 75세 할머니의 서사이지만 자신의 아이 외에 7명의 아이를 키워온 그녀의 이력은 양육엄마 혹은 위탁모와 겹친다. 이들을 입양 혹은 위탁 양육에 처단하는 근원에는 일부일처제를 명목상 유지하며 사실상 폐기한 남성의 이중성이 자리한다. 「해변의 여인」의 엄마/큰엄마는 앞서 살펴본 「우리들, 킴」의 엄마/큰엄마와 겹친다. 딸을 버렸고, 큰엄마는 버리도록 실력을 행사했지만, 문제의 진원지는 두 여인을 거느린 아버지이다. 젊은 시절을 엄마와 다 보내고 돈 한 푼 없이 돌아온 늙은 남편의 병수발로 말년을 보낸 큰엄마의 내면을 초점화하는 것은 피해자로서의 여성을 드러내는 일에 다름 아니다. 여성을 아내/동거녀로 나누어 호적/무적, 늙음/젊음, 외면/사랑, 병수발/쾌락을 할당한 아버지는 문제의 중심에 있으되 그 처리는 늘 여성에게 전담되며 이 점에서 큰엄마 역시 아버지의 피해자이다. 동거녀의 자식이 "엄마 대신" 사과하고 큰엄마는 그녀를 "명치 끝에 맺혀 있는 돌덩이를" 들어낸 "어여쁜 딸"로 받아들이는 것은 이런 맥락에서 가능하다. 「열한 번째 아이」에서 죽은 "엄마가 남긴 무제한 데이터"라는 은유처럼 19세 손자의 대리엄마이자 19개월 증손자의 양육엄마 역할에 처단된 75세 할머니의 곤경 또한 딸이 죽기도 전에 바람을 피우며 손자를 방치한 사위로부터 연원한다 할 수 있다.

「엄마들」은 미혼모 시설에 모인 엄마들의 목소리를 통해 이와 같은 엄마들의 사정을 보다 구체화한다. 엄마'들'을 초점화자로 다룬다는 것은 관념적 모성으로 이들을 일괄하지 않으려는 의도로 이해된다. 모성윤리를 압박하여 죄의식을 부각시키는 것이 아니라 미혼인 여성이 임신과 출산을 경험하며 세상과 직면했을 때 발생하는 제 현상들을 초점화함으로써 소설은 모성으로 호명하거나 모성 밖으로 밀어내는 여성 분할의 이데올로기를 심문한다.

여성들은 혼자서 임신과 출산 그리고 그 이후를 고민하며 이 전 과정에 남자들은 보이지 않는다. 아이를 책임지기에는 너무 무능하고 미숙하거나 충분히 노숙하고 유능하되, 이미 처자식이 있기 때문이다. 아이의 아버지는 "죽어도 콘돔을 싫어하는 새끼"이거나 임신 8개월 된 여자친구를 버려두고 방 뺀 돈을 챙겨 달아나거나 자신의 엄마 뒤에 숨어서 아버지이기를 부인하는 파렴치한들이다. 엄마들은 아이를 버리기 전에 이미 그들 자신이 버림받은 상태인 것이다.

남자친구뿐 아니라 가족과 사회 역시 그녀를 밀어낸다. 사람들의 손가락질과 수근거림을 견딜 수 없어 미혼모가 된 딸의 엄마가 가출해버린 경우에서 잘 알 수 있듯, 남자로부터 외면당한 여성은 자신과 남자의 가족으로부터 한 번 더 외면당한다. 미혼모시설로 대표되는 가정 바깥의 사회 또한 마찬가지이다. "소지품 검사", "손으로 더듬어서"로 이루어지는 신체수색, 까다로운 입소와 퇴소규칙 등이 요약하듯, 세상과 격리시켜 출산을 지원하는 미혼모 시설은 세상 안으로 미혼모를 밀어내는 방식이다. 입양이 주력사업인 것 또한 이와 같은 미혼모의 비가시화와 유관하다. "입양이 주력사업인가 보았다. 입양부 선생님 숫자가 쉼터 선생님보다 훨씬 더 많았다"는 언급처럼 미혼모 자체를 비가시화하는 것은 입양을 유도하는 것과 직결된다.

"생지랄들"은 입양과 양육 사이에서 선택과 번복을 반복하는 미혼모들의 곤경을 요약한다. 3개월 만났다 헤어진 남자친구에 비해 뱃속의 아기와 보낸 7개월이 훨씬 길다는 '나'의 독백이 잘 설명하듯, 양육에 대한 애착이 있음에도 불구하고 대개 입양으로 귀결되는 것은 양육을 불가능하게 만드는 이와 같은 상황 때문이다.

이 점에서 이들은 입양을 선택한 것이 아니라 입양이라는 선택에 처단된 것에 가깝다. 입양서류에 서명을 하는 것은 본인의 손이지만, 이는 보이지 않는 손의 악력이 작용한 결과이다. 보이지 않는 손의 주인은 남성의 무책임과 정상가족이데올로기 그리고 국가가 주도하는 생명의 교환가치화이다. 사랑이라는 출발이 해외입양으로 수렴되기까지는 무책임한 남성과 이를 배후하는 지배권력이 자리하고 있음을 소설은 적나라하게 드러낸다. "입양은 기쁨입니다"라는 플래카드를 제시하며 서사가 시작되고, 새롭게 단장된 "입양은 기쁨입니다"라는 플래카드를 부각시키며 서사가 종결된다는 사실과, "대대적인 입양 홍보행사"의 시작을 알리기 위해 연예인이 동원되는 것은 입양에 대한 공적 입장을 잘 설명한다. 정상과 제도 안으로 들어온 모성만을 인정하고 미혼모 등 제도 외의 모성은 다른 사람에게 양도할 때 행복이라고 설득한다. 보호되는 모성과 배제되는 모성을 가르는 제도의 폭력을 날카롭게 드러냄으로써 소설은 모성이라는 관념이 누구를 그리고 무엇을 보호하는가를 뚜렷이 드러낸다. 남성의 무성의와 무책임이라는 개인적 차원은 이런 경로를 통해 사회적 차원의 공모로 연결된다. 아이를 키우기 위해서는 한 마을이 필요하다고 했지만 입양이 성립되기까지는 전 세상의 스크럼을 짠 압박이 선행하는 것이다.

## 4. 이런 사랑

「불안은 영혼을,」과 「환대」에는 입양이 전혀 드러나지 않지만, 가정이 있는 남자와의 사랑이 중심서사 혹은 에피소드로 제시되며 이들의 불륜이 정확하게 일부이처제처럼 작동한다는 사실은 입양과 무관하지 않다. 불륜의 다른 이름인 사랑에서 읽을 수 있는 남성의 권력과 여유 그리고 여성의 취약함과 불안은 미혼모의 서사와 겹친다. 지독한 사랑의 서사에서 입양 '각'을 읽는 것은 이 때문이다.

「불안은 영혼을,」은 젊음도 경쟁력도 없는 40대 시간강사인 수정과 교수이자 대학선배인 정수와의 불륜을 중심서사로 제시한다. 매번 교수임용에서 탈락되는 수정의 불안은 사랑으로 수렴된다. 행복과 고통이라는 정조에서부터 삶과 죽음까지 모두 정수에게서 비롯되는 그녀에게 있어서 사랑은 종교와 같다. 그의 목소리만 들어도 죽음에 이르는 충동으로부터 구원되고 그의 얼굴만 보아도 고통이 사라지는 기적이 이를 증명한다. 그는 구원자에 값하고 그녀는 그에게 자신을 온전히 양도하는데 그녀의 자기비하와 구토는 사랑에 자신을 파먹힘으로 인한 증상이다. 불안에서 출발한 그녀의 사랑은 스스로를 잠식함으로써 더욱 큰 불안으로 귀결되는 것이다.

이에 비해 정수의 사랑은 그녀만큼 절실하지 않아 보인다. 그녀를 사랑하지 않는 것은 아니나, 그의 사랑은 생사를 가르지도 않고 천국과 지옥을 왕복하지도 않는데, 이와 같은 차이는 그가 이미 가진 사람이라는 데 기인한다. 그는 가정을 가졌고 정년트랙 교수직을 가졌으며 심지어 혼외관계까지 덤으로 가지고 있기에 사랑에 할애하는 정도는 미미할 수밖에 없다.

이와 같은 그/그녀의 입지에서 일부이처제를 연상하는 것은 그리 어려운 일이 아니며 그의 아내가 맡은 역할과 그녀를 대비시켜 볼 때 이와 같은 연관성은 더욱 확실해진다. 아내와 그녀는 그를 중심으로 배치되어 각각 가정/바깥, 임용이전/임용이후, 공식/비공식, 휴일/평일을 담당한다. 그가 교수직을 가질 때까지 역할을 맡은 것이 아내라면 수정은 교수직 획득 후의 결여를 채우는 역할을 한다. 유학의 뒷바라지는 물론, 아내가 없었다면 임용은 불가능했다고 할 정도의 영향력으로 아내는 그의 성장에 기여한다. "사막 같은 유학"과 "임용전쟁터"에서부터 담배를 끊는 사적 결단에 이르는 전 과정의 조력자이자 조련사라 할 수 있는 아내의 전폭적인 지원에 힘입어 교수직에 임용되었지만, 교수가 되고 난 후의 그는 다른 여성을 욕망한다. 성공을 위한 아내의 강한 드라이브는 필수적이지만 그로 인한 긴장을 풀어낼 부드러움 또한 욕망한다. "자신을 교주로, 신앙으로 여기는 여자가 지상에 하나쯤" 필요하고 "자신에게 매혹되는 대상에게 매혹되는" 것은 당연하다는 그의 말은 수정의 용도를 요약한다.

아내와 수정을 다 필요로 하는 그의 욕망은 금연과 담배 피우기를 모두 놓치지 않는 것에 유비된다. 자기관리능력에 대한 증명을 위해 성공적으로 금연을 실천하지만, 명료한 합리의 세계로부터의 일탈 또한 뿌리칠 수 없는 유혹이며 그것을 담당하는 것이 수정이다. 수정의 "흐릿한 실루엣"에 그가 매혹되는 것은 이런 까닭에서이다. "현실세계에서 뚜렷하게 느껴지지 않는 존재감이야말로 그가 진정으로 원하는 그녀의 무게"라는 말은 편리하기에 "완벽한 연인"일 수 있는 그녀의 위상을 정확하게 설명한다. 가정, 학교를 비롯한 공식적인 자리를 회피하는 그림자 역할이야말로 수정이 맡은 영역이며 들러리 이상을 넘보지 않는 한, 그녀와의 관계가 보장된다는 것이다. 아내의 보완재라 할 수 있다. 수정의 편리한 협조로 인해 정수는 사실상의 일부이처제를 무리 없이 향유한다.

친부모에게서도 원본의 자격을 의심할 만큼 원본 뒤흔들기에 공을 들여온 황은덕 소설의 궤적에서 대체불가능한 사랑에 강박되는 수정은 거의 유일한 예외이지만, 정수의 욕망을 부각시킴으로써 소설은 바로 그 원본의 불가능성을 훌륭히 증명한다. 수정의 올인으로 인해 이미 안정적인 정수는 더욱 여유를 갖게 되고 자신의 모든 것을 사랑에 내어 준 수정은 더욱 불안해지는 사랑의 비대칭은 사랑과 여성 자아의 충돌을 명료하게 도식화하기 때문이다. 정수와 수정이라는 이름처럼 서로의 사랑은 정반대의 벡터를 향해 달리기에 그들이 합체하는 사랑은 거의 불가능에 가까운 것이다.

「환대」의 주요서사는 이십여 년 만에 다시 이어진 나와 진숙의 우정으로 구성되지만 나의 남편의 불륜, 그리고 정신병원에 입원 중인 진숙의 불가능한 사랑이 에피소드처럼 제시됨으로써 남성지배로 인한 여성종속의 제 문제들이 드러난다.

'너'라는 이인칭 화법으로 설명되는 진숙의 증상은 그녀의 오빠들이다. 그녀가 의지하던 큰오빠는 죽고, 사귀던 오빠는 사라지고, 작은오빠는 그녀를 퇴원시키지 않기에 오빠 자체가 증상의 내용이라고 해도 과언이 아니다. 자신이 22살이라고 믿고 있는 것도 오빠를 중심으로 자신을 정체화하던 "청춘의 한 지점"에 그녀가 고착되었기 때문인 것으로 보인다. 이처럼 다른 세계에서 살고 있는 오랜 친구에 대한 애정과 안타까움을 함축하는 장치가 이인칭 화법이다. 과거는 공유하지만 그녀의 현재는 알 수 없기에 함께했던 과거를 드러냄으로써 현재의 끈을 이어보려는 노력이 '너'라는 최단거리의 시점으로 제시되는 것이다.

도시로 나와 학교에 다니던 오빠들을 위해 도시로 진학한 그녀들은 오빠들의 밥상을 차려주며 학교를 다닌다. 그녀의 오빠들은 여동생이 해주는 밥을 먹고, 여동생에게 스트레스를 풀면서 의젓한 어른으로 성장해간다. 오빠들이 사회적 주체로 성장하는 동안 그들을 지원해주던 그녀들은 결혼을 해서 주부가 되거나 정신병원에 갇혀 있다. 결혼을 한 은희는 남편과 회사동료의 불륜으로 힘들어하고 정신병원에 있는 진숙은 오빠의 환상에 갇혀 있다. 죽은 오빠를 상대로 의논하고 어리광부리며 혼잣말을 하던 고등학교 때처럼 지금의 그녀 또한 사귀는 오빠가 의사라거나 자신을 퇴원시키러 온 오빠를 잠 때문에 만나지 못했다는 환상에 갇혀 있다.

정신병을 앓고 있는 진숙과 은희가 상호적 배려의 관계일 수 있는 것은 남성권력의 타자라는 유사한 상처 때문이다. 죽거나 사라졌거나 찾아오지 않는 진숙의 오빠들처럼 은희의 남편 역시 필요할 때 곁에 없다. 육아와 가사에 관한 한, 자신을 "없는 사람"으로 생각하라고 말할 정도로 남편은 자유를 누린다. 가사일에는 "없는 사람"처럼 행세하지만, 다른 여자와 만날 때는 "환하게 번지는 생의 활기"로 자신의 존재를 과시한다. 아내를 괄호 치고 생의 활기를 발산하는 남편처럼 진숙의 곁에 없는 작은오빠 역시 동생을 괄호 친 채 사랑과 평화를 누린다. 오빠들의 타자였던 은희와 진숙은 20년이 지난 지금도 여전히 타자의 위치에 배치되어 있는 것이다.

> 너는 일회용 드레싱 봉지를 집더니 자세히 들여다보았다.
> -이게 뭐니… 소스니?
> 네가 소스, 라고 발음하는 걸 듣자 왠지 가슴이 뭉클해졌다.

남편이 은희에게 충실할 가능성도 진숙이 정신병원을 나갈 가능성도 전혀 없지만, 서사의 결말에서 희망의 기미를 읽을 수 있는 것은 서로에 대한 환대와 음식 때문이다. 병원의 접견실에서 이루어지지만 이들의 식사는 서로를 환대하며 차려진 만찬에 값한다. 그녀의 "소스"라는 발성에 은희가 뭉클한 것은 그 말에서 희미한 가능성을 발견하기 때문이다. 여름에도 겨울 파카를 입고 자신이 22살이라고 믿음에도 불구하고 소스라는 발성은 그녀가 세상의 끈을 완전히 놓지 않았음을 증명한다. 소스가 식욕의 단순한 충족이 아니라 미각을 섬세화하는 문명의 기호라는 점에서 더욱 그러하다. 결말부에 배치된 "네가 사 온 건 다 맛있어"라는 대사 또한 자신에게 의미 있는 삶을 계속 하겠다는 의지이기에 희망을 구체화하는 역할을 한다. 한없이 불투명에 가깝지만 그럼에도 불구하고 일말의 희망이 있다면 그것을 담보하는 것은 서로를 환대하는 두 사람의 우정이고 이를 매개하는 음식인 것이다.

「환대」만이 아니라 『우리들, 킴』의 그 어느 서사에도 희망을 약속하는 대단원은 없다. 미혼모인 엄마는 아이를 떠나보내고 입양아 또한 결국 부모를 떠나며 사랑은 함께하는 미래와 무관하다. 그러나 그것이 곧 절망을 의미하지는 않는다. 없는 희망이 곧바로 절망으로 직결되지 않는 것은 황은덕이 구사하는 서사의 안전망 때문이며 그것을 직조하는 것은 젠더의 복화술이다. 젠더의 복화술은 입양의 서사를 미혼모 그리고 사랑의 서사와 연속시킴으로써 모성을 분할하는 제도권력과 사랑이라는 이름의 남성권력을 심문하고 이에 대한 입양아'들'의 연대 그리고 서로에 대한 여성들의 환대에서 반작용의 가능성을 드러내기 때문이다. 음식과 환대를 통해 일시적으로나마 절망을 중단시키는 황은덕 소설의 식탁은 함부로 발설되는 희망보다 더 강한 희망의 기미를 함축하는 것이다.

# 작가의 말

워낙 드문드문 소설을 발표하다 보니 다시 오랜 시간이 흐르고서야 두 번째 소설집을 묶는다. 소설가로서 성실하지 못했던 시간들에 대해 부끄러움과 회한이 남는다.

그동안 썼던 단편들을 한자리에 모아 읽으니 가슴이 저릿저릿하다. 지난 시간들 속에서 내가 나름의 방식으로, 나 자신의 한계 속에서, 최선을 다해 사랑했던 주인공들이다.

표제작 「우리들, 킴」은 나의 입양인 친구, 김의 경험을 바탕으로 상상력을 보태어 썼다. 그녀를 처음 만난 이후 두 번째, 세 번째, 네 번째, 다섯 번째의 김을 만났다. 모두 1970년대와 80년대에 벨기에와 프랑스로 떠난 입양인들이었다. 친구 김에게 소설집이 발간된다고 이메일로 알렸더니 한국과 벨기에의 시차에도 불구하고 당장 한글로 답장이 왔다. "환상적입니다~^^ 와우~ 멋지네요!!!" 내가 무엇을 썼든지 그건 나의 가슴에서 나온 글일 테니 백 퍼센트 지지한다고 말해 준 김에게, 우리 모두의 김들에게, 경의와 사랑을 전하고 싶다.

소설을 쓰면서 세상을 살아갈 수 있어서 무척 다행이다. 한없이 더딘 발걸음이지만 소설을 써 나가는 동안 조금씩 더 나은 사람, 더 인간적인 사람이 되어 가고 있다고 믿는다.

앞으로는 오롯이 소설에 집중하는 시간을, 삶을, 살고 싶다.

2017년 겨울

황은덕

# 우리들, 킴

초판 1쇄 발행 2017년 12월 28일

지은이 황은덕
펴낸이 강수걸
기획 이수현
편집장 권경옥
편집 정선재 윤은미 박하늘바다 김향남 이송이
디자인 권문경 조은비
펴낸곳 산지니
등록 2005년 2월 7일 제333-3370000251002005000001호
주소 부산시 해운대구 수영강변대로 140 BCC 613호
전화 051-504-7070 | 팩스 051-507-7543
홈페이지 www.sanzinibook.com
전자우편 sanzini@sanzinibook.com
블로그 http://sanzinibook.tistory.com


ISBN 978-89-6545-461-8 03810

* 책값은 뒤표지에 있습니다.
* 이 도서의 국립중앙도서관 출판예정도서목록(CIP)은 서지정보유통지원시스템 홈페이지(http://seoji.nl.go.kr)와 국가자료공동목록시스템(http://www.nl.go.kr/kolisnet)에서 이용하실 수 있습니다.(CIP제어번호: CIP2017033269)
* 본 도서는 2017년 한국문화예술문화위원회, 부산광역시, 부산문화재단 지역문화예술특성화지원사업으로 지원을 받았습니다.